U0634543

拾欢集

段又琪 著

花山文艺出版社

河北·石家庄

图书在版编目（CIP）数据

拾欢集 / 段又琪著. --石家庄：花山文艺出版社，
2025.1
ISBN 978-7-5511-7118-2

Ⅰ.①拾… Ⅱ.①段… Ⅲ.①散文集 – 中国 – 当代
Ⅳ.①I267

中国国家版本馆CIP数据核字（2024）第017175号

书　　名：拾欢集
SHI HUAN JI
著　　者：段又琪

责任编辑：刘燕军
封面设计：中尚图
美术编辑：王爱芹
出版发行：花山文艺出版社（邮政编码：050061）
　　　　　（河北省石家庄市友谊北大街330号）
销售热线：0311-88643299/96/17/34
印　　刷：三河市中晟雅豪印务有限公司
经　　销：新华书店
开　　本：880 毫米 × 1230 毫米　1/32
印　　张：9.5
字　　数：213千字
版　　次：2025年1月第1版
　　　　　2025年1月第1次印刷
书　　号：ISBN 978-7-5511-7118-2
定　　价：59.00元

（版权所有　翻印必究·印装有误　负责调换）

见字如面

——《拾欢集》序言

我有酒窝，不太爱笑。我有故事，不太想讲。

我有时间，不太出门。我在大理，我是又琪。

又琪是生活在洱海边的白族金花，曾就读农林专业，后改读汉语言文学专业。

又琪是按民家闺秀标配的好女孩。临凡人间烟火，流连红尘悲欢。

又琪喜欢美食、摄影、听故事，过着寻常慢日子。

又琪喜欢读读写写，以"小逸"为笔名，写了个公众号叫"小逸梦话"。

李叔同有云："坠欢莫拾，酒痕在衣。"可我偏偏想要捡拾些许残欢，印作此生微澜，故而拾掇了"小逸梦话"的一些文章，结集而为《拾欢集》。懒散惯了的缘故，一直拖拖拉拉，时至今日才有了模样，可是身边在意的人有的与我生死两岸，有的已与我生死勿复见，有的已随波逐流鱼沉雁杳……从前种种皆是过往，以后种种不过经历，唯心澄澈，活在当下。

这是一本又琪的心情笔记。

一段青葱，一串记忆，一缕情绪，一窗风雨，一堆故事；

一间小屋，一段音乐，一杯咖啡，一支钢笔，一沓文字。

又琪行走在自家的元宇宙里，是个时代绝缘体，更是个高级矛盾体：比如生性极为贪静怕烦，却又由衷爱好逛街出游；比如喜欢琢磨新鲜东西，至今却用纸笔写字。不仅于此，从小盼望快些长大，幻想走遍万水千山；每每远行一身疲惫，归来至今仍在家乡。岁月绵长，与这多情的山水已然不分你我；云淡风轻，又总是执念疏清于白月光的投影。随身抛却那些无所谓的时光，心底一直有个很在乎的灵魂。

世界自有许多美丽和潦草的密码，我也攒下了许多熟悉和陌生的故事：在来过又逝去的濯濯传奇，记下自己或别人的诗篇；在擦干又流出的茕茕泪下，记下沉默或奔放的思绪；在离别又重逢的恋恋风尘，记下雨打风吹谁的影子；在晓风和残月的黑白梦里，记下洗净了铅华的记忆元素……

就这样日出追流云，日落醉红霞，惯看人间风月，坐写梦话万千。

忽有一天风雨如晦，我若有所思，便开始在公众号"小逸梦话"写文章。

每一篇文章，都是点点心绪。真的也罢，假的也罢，华年如诉，人淡如菊。

每一个字符，都是淡淡心语。又想忘却，又想纪念，人在天涯，见字如面。

有些守候和挥别，滂沱若雨夜飞车。有些缘来和弃去，终究是流水落花。

那些从前和现在，过去了永不再来。那些开始和终结，依旧是似水无痕。

弱水三千相伴，人间烟火流连。一朝心逐浪飞，一夕身在忘川。

听着小河淌水，做着自己的梦。我曾慢慢长大，也会慢慢变老。

如果有一天，我忽然不再写了，在这本书上依然还有我的痕迹：一个永远的又琪。

如果某一天，你在洱海之畔遇到一个像我的背影，请你对我说：原来你也在这里……

目
录

相见欢

万年欢

相见欢

相见欢，相见欢。

人生无缘不相见。

见也为难，不见亦为难。

阿　老

世间的小女孩都有一个万能的保护神"阿老"。我们白族都习惯称爷爷辈的老人为"阿老"。我不想过多地絮叨我与阿老的点滴，很多人觉得父爱如山，可是在我童年的时光里阿老就是我的山，阿老于我是爱是暖是光，是人间的四月天。

那些美好的碎片，我不想再说，那些童年的温暖与安全感似乎都源于"阿老"。有时不说并不代表遗忘，而是思念太过深沉，哪怕是稍稍忆及，都会痛彻心扉泪如泉涌。所以，很多时候并非我冷漠，而是我太过重情，我知道自己不能想，不能忆，因为太重，太重……我知道这世间的遗憾和意外，总能让人在四下无人的夜里从哽咽到失声痛哭……我知道世界上最爱我的那个人，我的阿老，他再也不会坐在那里等我回家了，想到这些心就像被揉成一团，继而被撕碎，胸口总会发闷发疼……

我依然记得阿老最想去看天安门升旗仪式，最崇拜的人是毛主席，最喜欢吃的是红烧牛肉……可是我再也没有机会带他去天安门看升旗，没有机会给他买一身他最爱的灰色中山装，没有机会带他去吃一碗红烧牛肉了……多想这世界上真的有哆啦A梦里的那种时光机，让我带着我的阿老走遍千山万水。

　　我的阿老在脑出血发作手术后瘫痪了三年。在一个萧索寒寂的冬夜轻轻地离世了。我清楚地记得那是凌晨三点多钟，我似睡非睡中看到了阿老在跟我挥手作别，我惊坐起，急忙奔到楼下。此时母亲和舅舅、姨妈们已经哭作一团，我想叫却像有东西堵在喉咙口一般，怎么也叫不出声，只是任凭泪水像关不住的水龙头一般冲刷着脸庞。或许无声的哭泣总是压抑着更多的伤痛，我一遍又一遍地自我安慰："生命的结束也许是另一段旅程的开始""也许阿老是得到了解脱，虽然子女都很孝顺，可却无法替他分担病痛，也许这真的是一种解脱"……

　　我总是游离于现实与幻境，总是不断自我暗示，以期能够得到解脱释放悲伤，或许冥冥之中自有定数，一切皆有缘法。阿老出殡那一天，我一直恍恍惚惚，灵魂半漂半沉，甚至都没有注意到一直努力想唤醒我、拼命围着我转悠的欢欢。

　　就在我失神的时候，欢欢忽然被车撞了。也许不愿让我再触目伤心，它拖着伤体不知所终，遍寻不着。几天之后它一拐一瘸地回来了，这次我把它带回了家里，就放在院子里，妈妈也不再反对，也不再说什么，只是让我好好喂养。过了没多久，元旦到了，新年的第一天，欢欢走了，它选择了在一个万象更新的时辰挥别了世界和我。

　　我不敢去看它最后一眼，我害怕，一如我不敢送阿老上山一般的那种害怕，欢欢和阿老都在同一年的冬天离开了我。"也许欢欢是怕阿老寂寞，去陪伴他了吧！"我一遍又一遍地这么告诉自己。那个冬天恻恻轻寒，时阴时雨。

后来，每当恻恻轻寒翦翦风的日子，我的思念如丝如缕。我很想念阿老。人间有雨，天上不知怎样，在云朵的上面，应该是永远阳光明媚的蓝天吧！欢欢一定早已找到了阿老，愉快地绕着阿老撒欢儿，疯摇尾巴……

一直想写点儿什么来怀念，却又不自觉地一直在逃避，或许我们的本能就是假装遗忘吧！不要说什么永远，也不要期许明天，活在当下，珍惜眼前的所有美好事物，才能少些遗憾吧！

初写这篇文字是在四年前，如今重翻这些文字，言词稍感稚嫩，情感却一如当初。我实在是想好好重新写写我的阿老的，可是却感到心力不及，只能任其早早改就。我一直不敢回头修改我的这一篇文字，以至于把这一篇文字的修改拖到了最后，其实是我不敢再一次去忆及那些关于阿老的点滴，因为每一次的回忆，都会令我用光身边的所有纸巾，都会把自己的心撕扯千万遍，都会耗尽气力仿若大病一场……

我的阿老把我一手带大，他是这个人世间最爱我的人。我的阿老走了，我们的合影已经褪色，可是记忆却从未褪色。今天我把阿老给我做的小木凳仔细擦拭了一遍，准备带走。此刻，我的心好疼，我的眼睛也花了，不想再说任何话。

阿　奶

　　如今春意荡漾洱海，暖水轻拍西岸堤的声音，我在东窗边就能听得清清楚楚。我恍然大悟，原来我一直在守候这个季节的来临。

　　春天的确来了！

　　我在春暖花开的季节，回望秋叶凋零的痕迹，让封印一季的泪珠缓缓融化。

　　2018 年的最后一天，在人们喜迎元旦的爆竹声中，我的阿奶（nai 读第一声，是外婆的意思）安详地闭上了眼睛。她看了我们最后一眼，不再说一句话，那浑浊的眼睛失去了最后一丝亮光——只此一眼，带着不舍和眷恋，她走完了人生的最后一程。从此她与我们便是阴阳两隔，后会无期了。

　　其实阿奶是有些不甘的，因为她没有等来自己最疼爱的儿子，没能在临走前再叫一声"阿弟"，世间有太多遗憾的事情，"子欲养而亲不待"也算其一了吧。

　　阿奶在家里排行老三，母亲是段家三小姐，贤淑温婉清丽可人，父亲是赶马的汉子，性情豁达豪爽……阿奶从小叛逆不服管教，原本家里已经为她定下一门亲事，亲上加亲嫁给自己的表哥，临近婚期阿奶竟然逃了。家里万般无奈之下，只得让阿奶的妹妹顶上，代替阿奶出嫁，这匆匆替代阿奶出嫁的姨奶奶此生过得亦是不好，生了几个孩子夭折的夭折，幸存活下来的也大都有些缺陷。

阿奶出逃后，就遇到了从农村出来参加革命的阿老，二人婚后育有两女一子。他们历尽苦困磨难，日夜辛勤劳作，终于在城里盖了新房，有了自己的家，养大了三个孩子。阿老一贯隐忍，而阿奶脾气暴躁，加上产后没有调理好，家里总是硝烟弥漫。两个人竟然一见面就怒目相向，到了最后竟是老死不相往来。其中很多东西我都不知道详情，所以也只能一笔带过了。

这些年来，我只知道，自从舅舅参军考上军校之后，阿奶就一个人住在老宅，不与任何人往来。那时她身体强健——在我的印象当中，阿奶精神非常好，可以一连骂几个小时，把我妈妈和二姨骂得狗血淋头，所以我其实是怕她的。

舅舅后来的部队在成都，娶了四川女子，那时的阿奶更加崩溃了，她拼了命地反对这桩婚事。阿奶重男轻女，最为疼爱的就是这个小儿子，可儿子不但工作在外，甚至娶妻也在外，这让她十分悲愤。她认为她的儿子从此就远离了她，从此就不再属于她了，她只有用这种激烈的方式来挽回自己的儿子。可是最后她也只能妥协了，不是吗？因为她爱自己的儿子啊！

二姨生的表妹还有我们两姐妹，阿奶从未照看过一天，但是她竟然到四川去帮舅舅带孩子（舅舅也是一个女儿）。她对儿子的爱竟然延续到了孙女身上，而这样的关怀我们从未领受半分。

有一次，在二姨家，我们姐妹几人当时都才四五岁的年纪，听了街上一些人说的几句话，就和阿奶学起了样："四川人爱吃辣子，辣子有味屁股受罪……"其实年幼的我们哪里能够知晓那是什么意思，只是觉得好玩。但这可不得了，阿奶听后脸一沉，竟然拿起手中的绳子抽我们表姊妹三人，从此以后我们更是见到阿奶都绕着走。而妈妈和二姨却还是一样尽孝，从未有过怠慢。

　　日子一天天过去，我们也渐渐长大了，舅舅调回云南时，把阿奶接去住了两年。那时候的阿奶是最幸福的，她自豪地告诉所有人，她的儿子回来了，她的儿子并没有丢下她，那言语间的自豪感，那自得的神情至今历历在目，那时的她像极了凯旋的将军。

　　不久，舅舅调回四川，阿奶心脏有问题加上脑萎缩，妈妈和二姨商量后决定接奶奶回来，不让奶奶随舅舅去四川。因为阿老一直跟我们生活在一起，并且瘫痪在床不能言语，而阿奶与阿老不睦，所以就把阿奶安置在二姨家。起初阿奶倔强地坚决不去，说自己不去女儿家，只能和儿子在一起，要不然就一个人。最后在舅舅的劝说下，她才勉强同意把老屋钥匙给二姨——以前她这里是从来不许别人踏入半步的。后来二姨他们干脆把老屋的所有东西都扔了，阿奶这才住下。

　　阿奶并不擅长做家务，她独居期间从不做饭，也不打扫，其实二姨他们扔的都是一些垃圾而已。虽然悉心照料，阿奶来到二姨家的状况也是每况愈下。开始她老是打电话给舅舅，问他什么时候回来，后来又像是无助的孩子一样恳求舅舅回来看看她，再到后来就不再言语了。至此，我终于有些明白，有些懂她了，她其实是把所有的期望和爱都给了唯一的儿子，所以无论如何也要强硬到底地说女儿是赔钱货，最终期望过大，失望当然也一样大……

她终于明白了，她的儿子是军人，也是别人的丈夫和父亲，不再完完全全是她脑海里的那个"阿弟"了。最终她安详地闭上了眼睛，等不到她的"阿弟"回来了。军令如山，这亦是无可奈何的事情。等到舅舅回来时，阿奶已经躺在棺材里，像睡着了一样，舅舅抱着阿奶不让盖棺，哭得像个孤儿。确实如此，他们兄妹三人现今不就真的成了孤儿了吗？

父母在，人生尚有来处；父母不在，人生只剩归途。对此我们也无能为力，哀伤随着时间的洗涤总会淡褪会被抚平，而这种无所依托的感觉恐怕要伴随他们姐弟三人一生了。

文后旁白

时近秋浓，我爱上了打盹。

"小逸梦话"停更了大半年了，春天到了，万物复苏，我的冬眠似乎也该结束了，于是我选择在这个春和日丽的清晨开始动笔写字。许久未曾着笔写下一字，突然又开始写字，发现自己竟然连打字都不会了，更不用说言语的晦涩和章法。可是这也无妨，反正"小逸梦话"向来都是漫无边际、不着调的，不是吗？

从夏天的碧绿到秋天的金黄再到冬天的雪白，那大半年里许多故事正在酝酿发酵。我经历了一些从未经历过的事，也看了许多不曾见过的风景，潇潇雨未歇，浮生若梦长，什么都未曾改变，可是其实什么都改变了。时间带走了许多东西，唯有心中那份执念似乎怎么都带不走……更多时候，我什么都不想，假装自己冬眠了。

面朝海子，春暖花开

昨天，在"逸庐夜画公社"群聊里，逸庐说到我更关心粮食和蔬菜，他更关注诗和远方，对于这一点我并不反驳，也深以为然，就此也将话题引到了诗人海子和他的诗上。

其实我一直想跟大家谈谈我对"面朝大海，春暖花开"及海子的一些看法。

一直以来我的风格都是杂乱无章的，想到什么就写下些什么，可是今天我觉得还是应该把海子的简介贴上，为什么说贴上呢？因为这些内容从百度网站即可知晓，只是我还是觉得有必要贴上，便是省却读者搜索时间也是好的。

> 海子（1964—1989），原名查海生，出生于安徽省怀宁县高河镇查湾村，当代青年诗人。海子在农村长大，1979 年 15 岁时考入北京大学法律系，1982 年大学期间开始诗歌创作，1983 年自北大毕业后分配至北京中国政法大学哲学教研室工作，1989 年 3 月 26 日在山海关附近卧轨自杀，年仅 25 岁。

海子 1984 年创作成名作《亚洲铜》和《阿尔的太阳》，第一次使用"海子"作为笔名。从 1982 年至 1989 年不到 7 年的时间里，海子创作了近 200 万字的诗歌、诗剧、小说和札记等作品，出版了《土地》《海子、骆一禾作品集》《海子的诗》和《海子诗全编》等。比较著名的作品有《亚洲铜》《麦地》《以梦为马》《黑夜的献诗——献给黑夜的女儿》等。

其实我对海子的了解并不多，只是在中学课本上读过他的《面朝大海，春暖花开》这一首诗。我曾经也和大家一样觉得这是多么平静、温暖、祥和，多么美的诗，充满了安然与希望。特别是在 QQ 空间流行的那几年，这句话已然是很多文青的签名档热门句子，似乎只有写上这句话才能凸显一个文艺青年的格调，然后就泛滥成灾了。

我那时年纪尚小，也不懂得这些流行元素，只是跟随老师的解读，也读出了一些看似欢愉的表象，只是又隐隐约约觉得有些不对劲，至于是什么，年纪尚小的我根本无从知晓，考试也没有这一首诗，所以就淡忘了。

直至到了后来，那时我已经不再扎马尾辫了，偷偷买了双高跟鞋，看过了《瓦尔登湖》和《飘》，坐过了绿皮火车，去过了烟树江南，也开始经历了一些事情。有一天，整夜无法入睡之后的凌晨时分，偶然翻到这首诗。

那天读完之后竟然泪满双眼，海子是有多么绝望才写下这首《面朝大海，春暖花开》啊！要知道，写这首诗时海子得知最爱的人结婚了，可是新郎不是他，再加上生活的困顿，练气功导致精神恍惚，一直以来的抑郁症几乎要将他吞噬于黑暗的深渊……

喜欢文字的人内心会相对感性悲观，而诗人的情感可能会更敏感一些。这些感悟也是因为我身处孤寂的黑夜时才有的，此刻我是那么理解海子……

从明天起，做一个幸福的人
喂马、劈柴，周游世界
从明天起，关心粮食和蔬菜
我有一所房子，面朝大海，春暖花开

从明天起，和每一个亲人通信
告诉他们我的幸福
那幸福的闪电告诉我的
我将告诉每一个人

给每一条河每一座山取个温暖的名字
陌生人，我也为你祝福
愿你有一个灿烂前程
愿你有情人终成眷属
愿你在尘世获得幸福
我只愿面朝大海，春暖花开

海子说"从明天起，做一个幸福的人"，然而今天他是不幸福的。

"从明天起，关心粮食和蔬菜"。粮食和蔬菜应该是尘世最为普通的生活需求，而今天的海子是脱离世俗物质的，是追求精神上的极致的。

"从明天起，和每一个亲人通信，告诉他们我的幸福"。今天的海子是不幸福的，是孤独的，远离了人情世故与世俗喧嚣。已经拥有的无须炫耀，无法得到的才会倾诉，此时的海子是绝望无助的，也许不幸福的人才会如此渴望幸福吧！

所有的一切，落脚点都是"明天"。而今天呢？恐怕只剩下心如死灰了吧！

今天却无力改变任何事物，这是一种锥心的绝望，已经无力嘶号呼喊，只能假装麻痹今天的自己。似乎一切很美很温暖，越是明媚温暖，就越是有着力透纸背的黑暗忧伤，明日复明日，明天是海子此生无法到达的彼岸。明天是永恒的明天，而时间却永远定格在了今天。

与这个世间格格不入的海子向往着一种纯粹的诗性，而他所处的时代却已令他无所适从，海子永远也不会被世俗所困了，他用生命完成了最后的绝唱。

"从明天起……"眼下，似乎就是海子的明天。

海子被我们推上了神坛，受我们膜拜，从某种意义上来说海子似乎成功了，至少我们都记得他，至少我会常常读那一首《面朝大海，春暖花开》。

最后海子为陌生人祝福，"陌生人，我也为你祝福，愿你有一个灿烂前程，愿你有情人终成眷属，愿你在尘世获得幸福"。

我们都知道人之将死其言也善，也许海子最后对陌生人的祝福也大抵如此吧！

那个年代流行全民练气功，对此我亦是无法理解那些人的狂热，而海子当时已经出现严重的幻听了，精神状况十分不好。有的人也许会说海子是死于精神分裂，可是善良的海子最后还是说了"我的死与任何人无关"。

不是吗？他用生命完成了对艺术的最后献祭，他去了自己的瓦尔登湖，他是太阳的儿子，他在精神上得到了永生！

给了陌生人的祝福，海子自己一个也不要。他自己只愿面朝大海，春暖花开，然而海上是开不出花的，这只是海子的理想。

面朝大海，春暖花开……

这是海子的临终诀别，这世界真的好美，可是，这一切已经不属于我了，这海不是人间的海，这花也不是人间的花。从"面朝大海，春暖花开"中看到的是深不见底、看似平静的大海，背后才是春暖花开，看到的是迷茫无措与绝望，背对的是梦想温暖与希望。

面朝大海，背对众生……

海子最后的诗是《春天，十个海子》。《春天，十个海子》中，他写道：

春天，十个海子全都复活

在光明的景色中

嘲笑这一野蛮而悲伤的海子

你这么长久地沉睡到底是为了什么？

春天，十个海子低低地怒吼
围着你和我跳舞、唱歌
扯乱你的黑头发，骑上你飞奔而去，尘土飞扬
你被劈开的疼痛在大地弥漫

在春天，野蛮而复仇的海子
就剩这一个，最后一个
这一个黑夜的孩子，沉浸于冬天，倾心死亡
不能自拔，热爱着空虚而寒冷的乡村
…………

山海关是新中国铁路四大干线的重要节点，二十四小时列车不断，钢轨磨耗是有年限的，1989 年还是木枕、道钉、四十五千克米轨；现在早已是Ⅲ型混凝土轨枕，无缝客专钢轨了。

从山海关老站出去的旧铁轨还有一些，静静地趴着，锈迹斑斑。这儿完全没有旅游氛围，鲜见外来的人。海子卧轨的地方，谁也说不清具体是哪一块，也没有特意设置的标志，基本上每一段铁路都没有差别。开通高铁之后，铁路两边拦上了护栏……

1989 年 3 月 26 日。一个春暖花开的日子，海子用死亡得到了永生。

自从海子离世之后，秦皇岛海港区文联便开展纪念活动。秦

皇岛还修建了海子诗歌主题公园。2012 年开始，"海子诗歌艺术节"活动年年举办。如今 3 月 26 日临近，眼看又要举办今年的海子诗歌艺术节。届时，来自全国各地的诗人和本地诗人都会潮涌而来朝圣，犹如涌潮般上演怀旧老剧，也会各自本色出演新剧本。

可是，海子不在。

海子更像现实生活中卖火柴的小女孩，而诗就是他手中的火柴。那么，我们呢？不知道！话题似乎越来越沉重，有些无序杂乱，而我似乎也不擅长循循善诱，索性就一起沉重吧！

谁能说我们在谈论风花雪月之时不是伴随着灵魂的肆意冲撞，而后还是无处安放那不羁的心呢？

除了我，肯定还有很多人没有忘记海子。

此刻春暖花开。

阿四死了

农历七月十四这天一早，妈妈的电话就来了。她告诉我，我们的舅奶奶阿四死了，在十四这一天的凌晨一点多钟，痛苦不堪地离开了人世，结束了她凄苦的一生。

我想起阿老以前在烧纸钱时对我们说过："七月十四前后出生的人最有福气了，鬼门关大开。七月十四前后死去的人是命最苦的，死了还要去帮着驮纸钱……"

别的话我已经记不清楚了，可是对这句话我却是记忆犹新！不知道阿四是不是应了这句话，想到这里我有些感伤。她是个苦命的人，这辈子活得够艰辛了，真希望这句话不要是真的啊！阿四是我大舅爷的第一任妻子，是家里给他从山里找来的媳妇，到这个家里来的时候只有十几岁，从来没有上过学，不识一个字，属于童养媳（大舅爷是我阿奶的弟弟，他们姐弟长大成人的一共有五人，三个姐姐两个弟弟）。当年的大舅爷长相英俊，身材挺拔，又颇通文墨，还写得一手好毛笔字，这样的人儿，家里怎么会给他找一个那么不般配的妻子呢？我曾经问过妈妈，妈妈说大舅爷曾遭遇打击，昔日意气风发的少年郎大好的时光已经被无情地剥夺，只剩下颓然的麻木。那段时间，家里想的是能给他找个媳妇延续血脉香火，不论什么样的都行。于是大舅爷木然地接受了这桩包办婚姻。婚后一年，阿四生下一个大胖小子。全家都沉浸在添丁的喜悦当中，唯独他像是松了一口气一般，说自己要去远方姐夫那里学习牙科，好为这个家谋个出路。

于是，他到了当院长的姐夫那里学得一手镶假牙的好手艺。那个年代还不需要什么证书（后来他也考了证），他凭借这门手艺让全家都过得很不错。日子就这么平静地过着，直到他遇到了一个女人，遇到一个令他感到自己心脏还在跳动，感觉到自己还活着的女人，这样的两情相悦又有什么能阻挡得住呢？！

于是，他回家决然地提出离婚，阿四坚决不离，她那两条粗黑的眉毛，完全地昭示着她的固执和一根筋。她说自己生是李家人，死是李家鬼！他无奈地只得离家和心爱的女人同居在一起。他教会了那个女人他所学的一切，他们一起经营这门生意，每月他都会回去看看孩子，拿回些钱足够阿四他们母子的开销。有时他太忙，就让那个女人去送钱，此时那个女人已经生下两个男孩。大舅爷后来生的孩子需要落户，而阿四也不再似以前那般对那个女人恨之入骨。教给大舅爷手艺的姐姐、姐夫不能生育，于是就劝阿四，让她签字，至于孩子他们会带走当作亲生的来抚养。善良的阿四终是同意了离婚，她不会写字，就让别人代写，她按了个鲜红的手印。

这个手印实际上如卖身契一般将阿四的一生都缚在了老宅里。她傻傻地以为按手印是为了给两个孩子一个合法身份，她的丈夫和孩子终究是要回到她身边的。于是她就在老宅里一个人住着一间黑黑的小屋，年复一年、日复一日地等着，盼着，守着……

一个女人的青春年华就此凋落，最终她等来的是丈夫的棺材——他突发脑出血倒地而亡，利利索索地走了，丢下了那边的母子三人，丢下了这边的阿四和孩子！阿四悲痛欲绝，至此破灭了希望，暗淡了眼眸。她只有那个被带走的孩子了，她何尝不想把孩子带在身边，可是自己目不识丁，又有什么能力抚养教育好儿子呢？那边无论如何都是姑妈，经济条件更是极好……可是再怎么说，母子分离是何等的剜心之痛啊！

阿四虽然不会写字，但是这人类最深厚质朴、至纯至真的母子之情，她又怎会没有？这日日夜夜的思念和煎熬啊！这无处可诉的痛楚啊！或许只有老宅里的那棵树知道吧！带回孩子自己无力抚养，即便养活了也无力教育栽培，让孩子留在姑妈那里，或许还能有一个好的出路和未来……

终究是深沉的母爱战胜了母子团圆私念。看着孩子离去的背影，阿四几近晕厥，不，她告诉自己要活下去，为儿子守着这间老宅，守住这个家！她不改嫁不离家，用行动告诉儿子，妈妈所做的一切的一切都是为了你！你就是妈妈活着的唯一理由！

不知道凤羽的油菜花是否能听见阿四的泣血之啼，我却能听到！每次阿四来我家，妈妈总是会给她一些钱，她生病做手术也是妈妈和二姨在安排，我知道这是因为她们善良，而我也时常给她些钱，这是因为我承袭了她们的良善之心。

三个月前，阿四说肚子痛得受不了，二姨领着她去医院看，最后确诊竟然是胰腺癌晚期！妈妈和二姨瞒着她，知道她最大的心愿是到儿子身边，于是找了车把她送到了儿子身边，没有人告诉她真实情况。在儿子身边五十天后，她在剧痛中离开了人世，结束了她悲苦的一生。

听说她起初是闭不上眼的，后来有人在她耳边轻声说道："你现在是在你儿子家里，你安安心心地去吧！"她这才闭上了双眼，一滴泪缓缓划过脸颊，不知道是悲是喜！

唉！"七月十四前后死的人命最苦了……"

耳朵进水记

这段时间我总是彻夜难眠，即便入睡也是难以安眠，一两个小时总要醒来几次，因为我的耳朵很是难受。我的耳朵进水了，从鼻子里进去的，是我自己灌进去的！

不知从什么开始，每到春季，我的鼻子就会很痒，会止不住地打喷嚏，吃了很多药也没有什么作用。后来发现用生理盐水冲洗鼻腔竟然有奇效，于是我便买了洗鼻器每天都冲洗鼻腔。

这次由于神思恍惚，我竟然让水从鼻子进到了耳朵里！对，是耳朵进水，而不是脑子进水，或许脑子里也是进了些水吧！那种感觉就像飞机起飞或者降落的时候，由于压力造成的耳朵发闷，十分难受！

这一瞬间我感到，我与世界隔了一道水墙，可是心却没有清宁，依旧如现在的春光一般慌乱。

起初我并不以为意，觉得水总会自己流出来的，并没有担心。可是到了晚上依然如此，我开始有些害怕了，于是用尽我能想到的办法：用棉签掏，用手揪扯耳朵，使劲跺脚跳，倒立，捏着鼻子吹气，甚至用吹风机吹……

别笑，我真的用吹风机吹了，结果就是除了把耳朵吹得发红发烫，并没有起到任何作用！现在想想，自己也是真够奇葩的，竟然能想到这样的馊主意！

过了两天耳朵还是如此难受，我便联系朋友去了医院。医生仔细给我做了检查后皱着眉问我："耳膜没问题，但是这水是怎么进去的？"我答道："冲洗鼻子弄进去的。"隔着口罩医生看不到我涨红的脸，我也看不到医生忍不住地窃笑……医生给了我一瓶药水，让我一天滴三次。

我问："滴耳朵里面吗？"医生诧异地看了我一眼，我低头一看药水瓶上写着大大的"鼻滴剂"三个字，于是我在心里暗自骂了自己一声"蠢货"。

看我有些不自然，医生又说道："滴鼻子里，鼻耳相通，水从哪里进去的，就要从哪里流出来，这或许能打开一个通道，若是三天不好，你再来找我！"道谢后我快步离开了医院。以我开车的技术，在医院这种地方要找到车位，并能把车好好地停进车位，似乎有些不太可能。因为一般情况下，我停车都需要占用两个车位的位置来停一辆车，并且耗时十分钟以上。

所以我到医院都是打车，这个师傅颇为健谈，我因为耳朵难受，只是有一搭没一搭礼貌性地应着，他依旧热情诚挚地询问我去看什么病。我怕他担心我是从传染科出来的，所以也就耐着性子回答了他的问题。

不知道是我没有说清楚，还是他因为看红绿灯而没有听清楚，所以他以为是医院给我冲洗鼻子，把水灌进了耳朵。

他有些吃惊地说："这世上怎么会有这样的傻×！"一时间

我不知道如何作答，因为他说的是一个事实，至少我没有听说谁会自己把水从鼻子灌进耳朵！稍许思忖后，我说："是我洗鼻子时弄进去的，不是医生……"

此时因为戴着口罩，我们都看不到对方因为尴尬和羞愧而变化的表情，原来口罩还有这种作用！短暂的沉默之后，司机师傅又眉飞色舞地告诉我："人体会不断地吸收水分，不用担心，过几天就会自己好了！"

他发出了爽朗的笑声，胖胖的司机发出的笑声似乎有一种感染力，我也跟着笑了一下。虽然他或许只是为了一个五星好评，但是他的笑声却透着一种真诚，有如春风令人抒怀！我总是容易为一些细微的事物而动容，也许心里太苦的人，只需要一点点的甜，就能满足吧……

飞机起飞降落总有个结束，而我的耳朵却依旧难受！这令我感到烦躁焦灼，愈发寝食难安！三天一到，我便迫不及待地拨通了医生的电话，医生让我快些到医院来。

他再一次帮我详细检查，最后给了我两个方案：一、在耳膜上扎个非常小的孔，不影响正常听力，一般人都能自行愈合，当然少数人不能；二、吃促排积液的药外加一点点激素，再继续观察。

我想了想：我怕疼，而且我这人运气一向不好，万一我就是那少部分人中的一员呢？于是我选择了吃药，药的效果也是不错的，至少现在，我已经没有那么难受了。感谢医生，感谢所有关心我的人，是你们给春天装点了许多温暖的色彩，或许今晚我就能睡个好觉了——其实这篇文字已经是第二遍写了，就在刚才，全文快要收尾结束时，电脑突然闪退了。望着一片黑屏我有些发蒙，因为电脑重启后已经找不到之前文字的任何踪迹了，试了一个小时，只是徒然耗费精力和时间！

胸口像是被什么堵住了一样，全然没有了刚才行文的爽利之感，气急地把电脑关机了。只是我的强迫症犯了，这又才重新打开电脑，决定要跟这台破电脑死磕！即便是写同一件事，现在写跟刚才写的心境也已经大为不同了，但是总好过什么都没留下吧，哪怕只是一声叹息！

可是现在又有一个新的麻烦：在耳朵进水的日子里，世界异常安详。我不打电话、接电话了，也不竖着耳朵谛听八方信息了。我就像那个创作了《命运交响曲》的音乐家，满耳朵只有自己心灵的声音，这种感觉真让我舒服。

眼下这个吵吵闹闹的大世界，也真没什么值得让人聆听的。

就连那种好像飞机起落的气压变化造成的耳朵发闷，现在也不难受了。于是我在忧虑另一件事：等到耳朵治好了，人间声音重新回来，生活就会更好了吗？但是耳朵也不能一直失聪下去吧？纠结……

好了，既然前面都眉批啦，这里就再来一段文末结语吧。

曾聆听过花开的轻响，也细数过雨水的纹路。当耳朵进水成为一种习惯，当绝对宁静化为一种奢求，那些与前生共度的美妙时光，我是否还需要费心记得呢？

捉一段流光细嗅风月，剪一段身影留予闲情。当悠然自得的心境消磨殆尽，当羡慕古人慢生活变成执念，那些美好时光封进耳朵，我是否还需要再打开耳朵呢？

其实古人也并非全年悠哉无事，而是更善于在忙碌的缝隙里，避开五官的功能，闭上自己的耳朵，像苏轼说的那样，做个不需要听觉的闲人，对一间屋、一壶酒、一溪云……

耳朵太灵，万事入心，便会错过天籁。耳朵进水，谢却凡音，便是误入仙班。是该珍惜这样一段闲时光。在美好的景色和合心的静默中，给小逸以岁月，给岁月以小逸。

文后旁白不知从什么时候开始，冬春两季我开始"持续性"感冒，且总也不见好，后来我才知道那是过敏性鼻炎。每日里狼狈的样子，连自己都有些嫌弃自己了，后来开始用生理盐水冲洗鼻腔，每天冲洗三次，确实可以缓解症状，比吃什么药都管用。此为前情，后果就是我把冲洗鼻腔的水弄到了耳朵里，此后竟然还发生了两次！

哎！我确实是一个迷糊的人，去了无数次的地方，下次如果一个人去，还得让人发定位给我。跟着导航走，能走进小巷子里进不得退不出，只有厚着脸皮堵住一条街，请被我堵住的人下车帮忙指挥一下。记不住电话号码，记不清银行卡号，记不清年龄岁月，记不清有关数字的种种内容……如此这般未老先衰也好！断念一些纷繁痴缠尔虞我诈，保留些许内心清宁与从容淡定。

人间故事（一）

　　一群人在 KTV 嘶吼过后，又穿越了这个小城，找到一个吃消夜的地方，面前这些人都是有故事的人，他们的故事都融在了深夜的酒和女人的笑声中。

　　江说："你们相信吗？我小时候守过厕所，跟老太太抢过矿泉水瓶。"打量着他从上到下的普拉达和古驰，听的人都在笑，都觉着他在酝酿一个煽情的故事，可是这世间事，真真假假，假假真真，谁又能说自己能绝对分清呢？

　　江又说："那时家里负债太多，我替我妈守公共厕所，一守就是六年，一个人收两毛钱，送两张一揉就纸屑满天飞的卫生纸。"听到这里，我眼前似乎有个少年坐在孤灯下写作业，他周身弥散着尘屑与污浊的气味，我也像是被什么东西呛了一下，鼻子陡然一酸。

　　江吃了一口排骨喝了一口啤酒后，睁大了双眼继续认真地笑着说："有一次，有个瘾君子来上厕所，他出来时，不知道为什么，冲着我就是一耳光，那么静的夜，打在我脸上的那一记耳光格外响亮，也格外火辣。我大哭起来，我妈听到哭声立刻从里面出来，那会儿，我突然很后悔，后悔自己为什么要哭。"

"后悔？这又从何说起？"我不解地问道。

他挠了挠脑袋继续说道："我怕我妈心疼我跟那个人理论，更怕那个人打我妈，我妈会吃亏，所以那会儿我根本就没感觉痛，而是害怕和恐惧。从此以后，别人给我再多的耳光，我都不会再吭一声……"

听到这里，在座的人都笑了，只是这笑声里多了一些东西。我也喝了一大口啤酒，转身擦了擦被风吹红的双眼……

人间故事（二）

江揉了揉自己的眼睛，一脸认真地继续说道："那一年我上初中，学校里开始有人在收'保护费'，几乎所有的男生都被收过，当然也有不服气的……我一开始不知道不交'保护费'会有什么后果，后来我知道了……"

"哦？是被'教育'过了吗？"我戏谑地问道。

他情绪稍有起伏地答道："我那时就算一周不吃早餐，不坐公交车，也只能攒七块钱，我拿什么交啊！"所以他反抗了，理直气壮地告诉对方：我就不交！结果可想而知，倔强的少年放学后被十几个人围住……

"我也是急了，就是不服软，连书包和铅笔都被打飞了……那天恰好我爸爸来接我，看到了我衬衫上的血迹，就问我怎么回事儿？我说摔的！以为这样回答父亲就不会再继续追问下去，可哪里知道父亲心还挺细。父亲怒道：'你脸上还有鞋印！你还撒谎！'……后来这事儿怎么过去的我都记不清楚了，我只记得那天一直细雨绵绵。"江毫无波澜地说着，仿佛这是在说别人的事。

听到脸上有鞋印那一段儿的时候，我忍不住想笑，可是又怎么也笑不出声，似乎有什么梗在了喉咙，这有点儿像看周星驰的电影——他明明在认真地说笑话，却让人笑出了泪花。他认真的表情让我感觉：明明是喜剧演员的脸，却在演一出悲剧。

问祖先

四孟逢秋序，三元得气中。

云迎碧落步，章奏玉皇宫。

坛滴槐花露，香飘柏子风。

羽衣凌缥缈，瑶毂转虚空。

久慕餐霞客，常悲习蓼虫。

青囊如可授，从此访鸿蒙。

——唐·卢拱《中元日观法事》

每年的农历七月初，妈妈总会去神婆那里"问祖先"，也就是把要问的过世之人请上来，附身于神婆说出想说的话，问问他们需要什么，好在七月十四烧给他们。

对于这些活动我总是充满了好奇心，更多的时候我会认为这些神婆都学过心理学，但是有时这些神婆竟然会知晓一些家中或逝者的秘密，即便是再好的心理学专家也不可能知晓个中缘由啊！对此我是将信将疑而又倍感神奇，感慨大千世界无奇不有，更加从内心深处衍生出一种对天地，对万物生灵的敬畏之心。

无论如何，人有了敬畏之心总是好的，若都没有了敬畏之心，那么这个世界真的太可怕了！自从阿老去世后，妈妈每年都会去一趟，问问阿老的情况，期望从神婆的嘴中得知阿老在另一个世界的一些消息。有时神婆是连蒙带猜地去讲述，去迎合妈妈。看着神婆拙劣的演技，我甚至笑出了声音。

　　有时换一个神婆，却又是另一番情形，看着神婆那种慈爱的眼神和语重心长的口气，我有些呆了，那些琐事神婆怎么可能知晓呢？！于是我的眼睛开始湿润，眼眶变得通红，而妈妈已经在那里泪如雨下，继而号啕痛哭……

　　每次去了回来，妈妈的眼睛都是肿的，带去的抽纸都不够用。我知道妈妈其实更多的是在寄托哀思，寻求一种心理安慰，并不一定真的那么信。这种时候我们不去打搅，让她把一切委屈和伤心都在父亲面前彻底释放，仿佛她又变成了曾经在父亲怀里撒娇的那个小女孩一般。

　　所以，在我看来，这件事情并没有什么不好的。然而自从阿奶去世后，妈妈就不再去"问祖先"了。我问妈妈为什么不去了，妈妈说："不去了，每次都精疲力竭，整个人像虚脱了一样，我这一年都没有梦到他们，想必他们都很好，不让我挂念吧！"于是我不再作声。

　　我们这里的风俗是七月十四烧给早年故去的亲人东西，中元节这天烧给新近故去的亲人东西。从七月一日开始，妈妈就用从老人那里学来的方式接回了阿老和阿奶，这在我们这里叫作"接祖先"，意思是把逝去亲人的魂魄接回家里，每餐饭前都要点香焚纸钱，供三碗米饭和许多菜，祖灵牌前瓜果点心鲜花不断。一直要持续到烧了所有衣服纸钱之后，才能把祖先送走，这七月中元节才算完满。

有湖泊的地方还会放水灯，用以安慰水中的冤魂，以期望他们不要乱寻替身。街头拐角处更是有许多浆水饭和纸钱，这些是烧给无家可归的孤魂野鬼的，这大抵是出于一种同情心吧。

修手机记

　　这段时间我似乎与手机八字不合，五月份刚买的手机用了一个月就丢了。边开车边听喜马拉雅，手机就放在腿上。亲戚下车时，我去帮着拿东西，手机就从腿上滑了下来，我却毫无察觉地绝尘而去了。

　　回到家中，用另一部手机打自己的手机，一开始是没有人接，后来就关机了。我猜想一定是有人捡了去，于是我发了一条短信告诉对方，恳请对方归还手机，一定现金酬谢。半天不见回复，我知道对方是不会把手机还给我了，立即去办理了手机卡的挂失，并买了一部一模一样的手机。

　　做完这些，已经是天色微暗，灯火零星。在没有手机的这几个小时里，我想着赶快把手机里的软件重新下载，特别是银行软件，因为刚刚学会用手机转账的我，对这些新事物总是抱有怀疑的态度，总是有些不放心。至于为什么还要买一部型号甚至连颜色都一样的手机？那是因为我骨子里是个很固执守旧的人，不喜欢改变习惯，不喜欢改变自己。最重要的还是因为我懒，刚刚学会了这个手机的一些基本操作，如果又要换一种手机，那就得重新学习，对于电子盲的我来说，无异于是把我架在火上烤。所以何必那么复杂煎熬呢？买个一模一样的就好了！只是有点儿心疼自己的荷包，有些懊恼自己的粗心。

其实我是有选择困难症的，我并不是那种能够当机立断的人，以前我买衣服或者鞋子选不定颜色的时候，我就会买同款不同色的两样。卖衣服的店员常常提醒我不要买一模一样的款式，我却是执着地喜欢着同款，任她怎么劝说都不换。所以，以前我的衣柜里常常都是有两件同款不同色的衣服。现在我已经更加清楚自己，了解自己，知道自己想要什么，大部分时候都会选择第一眼喜欢的，不会因为打折和促销去买一堆自己根本就不可能穿的衣服。或许是因为年岁渐长，不想年华老去，想把自己打扮得年轻些，鲜嫩些，所以衣柜里粉色浅色系的衣服逐渐增多，这在以前是没有的。我以前常常跟妈妈在一家店里买衣服，颜色和款式一直都是妈妈喜欢的那种端庄大方的大红色或黑色。

这两年我才坚定坚决地不再跟妈妈一起买衣服，更加遵从自己内心的喜好，更加肆意地回归自我。但是对于深蓝色的喜欢却是一直未曾改变，在选择明天穿什么的时候，依然会惯性地选择深蓝色，这种介于黑色和蓝色之间的颜色，既比黑色要活泼，又比蓝色要沉稳，这是一种令我感到安全和舒适的颜色。恐怕有的喜好是一辈子都无法改变的了，因为那些喜好不单单只是喜好，而是被岁月浸染研磨入骨的习惯和日子罢了！

我的思绪总是容易跑偏，明明是想说一说自己与手机的事情，说着说着就说到了衣服。现在再回到手机吧！我买了新手机后，朋友就送了我一根拴手机的绳子，可以挂在脖子上，像小时候把家门钥匙挂在胸前一样，说是这样挂在胸前我就不会弄丢手机了。可是意外总是不期而至，手机店里卖手机的人告诉我手机已经帮我贴了膜了，并没有告诉我那不是钢化膜，只是厂家送的软膜。我以为手机已经穿上了一层护甲，也就并不在意手机是否会摔坏屏幕。上星期的傍晚，我挂着手机就出门散步了，拍傍晚的云时可能用力过度扯了一下，手机绳与相连的透明软壳部分脱离了，手机摔到了地上，拿起来时屏幕已经成了蜘蛛网状。我这才知道，我的手机膜并非钢化膜，于是只能去换手机屏幕。去了售后，说是得连后盖电池屏幕一套都换了，要一千多块，可是我的手机才用了不到两个月啊！除了前屏外屏裂了，其余都很好啊！我又问能不能只换前屏，工作人员请示后告诉我可以只换前屏，但是得半个月……

就在我准备把手机里的卡换到那个旧手机时，一个朋友让我不要相信他们，去随便一个地方换个外屏就行了，换个外屏是很简单的事情，让我别被骗了……听朋友说了那么多，把我听得云里雾里，不禁感叹，这年头骗子真多！于是第二天找了个地方换了屏幕，哪里知道，还是被忽悠多收了钱，他是把我的手机拿给别人换屏幕，他收一次费用，外包付给别人一次费用！在手机不在身旁的这两个小时里，我去做了个头发护理，路上想买个奶油蛋糕，付款时被告知不能刷卡，只能现金和微信支付。于是我只能极不情愿地把卡包里财神殿里加持过的、那张编号吉利的一百元纸币拿了出来。到了美发室需要排队，等在我前面的三个人都安静地坐着玩手机，而我因为没有手机，所以只有四处走动四处瞎看。这令我有些焦躁不安起来，似乎自己身体的某一部分缺失了一般，简直有些魂不守舍。洗头的过程中，美发师跟我聊天，得知我把手机丢给别人换屏幕了，自己却不守着，他感到十分惊讶，并极快地帮我弄好了头发催促我快点儿去拿手机。于是我一路小跑到了手机店，看到了我那被五花大绑的手机，查验了一下银行账户，我才松了一口气。

想换手机，这次可是一次换够了。四个多月用了两部新手机，还换了一个外屏！这手机真的似乎与我八字不合，我以后可是得小心着用才好啊！

欢欢是条狗

2018 年。

5 月 14 日。

雨。

恻恻轻寒翦翦风。

连日的阴雨连绵，令人感受不到丝毫暑气，人们反倒穿上了毛衣外套，这夏天来得真是凉快。

我的思绪随着飘飞的细雨，回到了初见欢欢的那一年。欢欢是我在家后面的空地上，遇见的一条流浪狗。那天我照例拿着吃食去喂一条怀孕的母狗，可是怎么都寻不着，我只好把吃食倒在地上，希望它回来时能够吃到。

那时我们家后面还是一片空地，没有水泥房子，没有超市，没有酒吧，没有熙攘的人群，没有醉酒后哭天喊地睡倒在街头的男男女女……只有一片稻田孤单地生长着，于是这里便成了流浪狗的天堂。白天成群的流浪狗在这里懒洋洋地晒着太阳，夜晚成群的流浪狗相互追逐欢叫，映衬着田里的蛙声一片，令我颇有些鸡犬相闻的错觉，以为自己到了桃花源。

第二天，我又拿了吃食去喂流浪狗。这时，那只怀孕的母狗从草丛中冲我摇着尾巴，缓缓走出来了。见它无恙，我暗自松了一口气，悬着的心终于放了下来，因为此时我们这里出现了很多打狗队，正四处猎杀流浪狗，这着实让我的心时时揪着。

突然听到一些声响，我循着声响而去，轻轻扒开草丛，四只未睁眼小狗挤在一起取暖的画面，让我的心瞬间变软。它们的母亲此时警觉地发现了我的靠近，竟然丝毫不念旧情，以护犊的昂扬之姿向我扑了过来，我吓得赶紧跑回了家。

之后的日子我一如既往地喂养这些流浪狗，哪怕经常被跳蚤咬得满身是包，哪怕经常遭到周围人的白眼。四只小狗也时不时地出来溜达溜达，但都很警惕地离我有些距离。其中一只黄色的小狗一见我就欢快地扑向我，围着我转圈圈，咬着我的鞋子和我玩。这令我欣喜万分，觉得它是喜欢我的，此后我更是喂这群狗喂得不亦乐乎。

有一天，这几只小狗突然都不见了踪影，我焦急地找寻着，如同失去了自己的两条小羊角辫一样走了魂。

在夕阳西下时，那只黄色的黏人的小狗从地平线的尽头歪歪扭扭地一路小跑，出现在了我的眼前，其余几只不知所终。我用眼神询问，小狗不能人言，无法讲述。可狗狗的眼神很通人性，眼里是一汪水灵灵的迷茫。

失而复得的喜悦驱使着我与妈妈对抗，我大胆地把这只狗狗带回了家里，给它洗澡，用吹风机帮它吹干时它吓得乱跑，卫生间一片狼藉。结果我被勒令送走它，我怎么可能送走它呢！于是我在家门口给它搭了个窝，因着它欢快的模样给它取名"欢欢"。

由此开始，它便成了我的"粉丝"，我一出门它便寸步不离地跟着我，到了家门口便不再跟进来，它似乎知道，那道门是我们的界线。

　　有了欢欢的日子，我们都非常愉快，以至于妹妹见到它时，会叫它"段小欢"，而我也十分认同这个称呼，它亦是像通人性般知晓并认可了这个名字。每当有人叫"段小欢"，它就竖着耳朵，欢快地跑到叫它的人跟前——只是，除了我，它从不会跟随别人行走。我只是给了它一餐饭，它却把我当作了全部，这样依赖，这样不设防，叫我如何不喜欢它！

　　快乐的日子总是短暂的，这似乎就是打不破的魔咒！我也不愿意去回忆这一幕……

　　时至今日，想到欢欢离去的那段时光，我的眼眶依然会溢满泪水。

一次作业

是缘还是劫？是劫必定是缘。像我这么聪明的人，又怎么可能会重蹈覆辙？！如果说，第一次是意外，那么现在必然是选择罢了。天使陷落？恶魔诱惑？是救赎？是重生？随他吧！此刻，我只想沉沦于火的包裹。此刻，我只想被火焰吞噬。须臾瞬间，瞬间须臾。

梦？至少还有梦。那些求不得放不下，才都有了安生之处，不至于颠沛流离。我已在泥潭与深渊中挣扎许久，渡人渡己，岂可轻言！既然生命只是一场体验，那么我愿被点燃，以火为舞。我愿成灰直至消弭……

岁月如流倏于九稔。

酒痕在衣，坠欢莫拾。鲜衣怒马，仗剑天涯我酣畅淋漓，这杯烈酒我已然痛饮，哪怕肚烂肠穿。

"我为什么叫不悔？为什么只有我没有爸爸？"

"来，这就是你爸爸，帮他的相片擦擦灰吧！"

以上是去年一次编创课的即兴创作。一张白纸，规定的时间，几个关键词，然后就随你怎么写。写完后每个人都把自己写的东西读出来，听完其他人的小文后，我即刻有了想逃走的感觉，可是此时没有后门，老师就在我旁边，我只能硬着头皮读完我写的小文，然后装作一本正经地听课……

一边听，一边寻思着自己能不能一个人穿过漆黑的小巷，能不能在停车场找到自己的车，导航回家会不会又被导航到小路最后迷路……果然，我憋着尿壮着胆穿过那条漆黑的小巷子，找到了自己的车，最后还是在古城里迷路了。绕了两圈，还是问着人才走到自己熟悉的大路上。所幸，我的手机电量是满格的，我的油箱刚刚加满了油，我的心也稍稍安稳……

陌生女人的来信

眉依停好车，打开家门，一封信塞在门缝里。眉依好奇地捡起信封，这个年代还有谁会手写书信呢？没有收信人，只有收信地址，而这栋房子只有眉依一个人住。

这是写给谁的呢？

眉依拆开雪白的信封，几页娟秀的小楷赫然在目。眉依脑海里霎时就有了一个孤影青灯下研墨书写的女子背影，于是展开信纸饶有兴致地读了起来。微暗的灯光下，眉依的背影被拉得很长很长，很淡很淡，显得那么缥缈虚幻，仿佛与信中的那个侧影融为一体，虚虚实实，如梦似幻……

陈珂：

见字如面，现在是凌晨三点，我又准时醒了，又开始重复那种睁眼等天亮的日子。不知道你现在能否睡得安稳，我却是心如油烹分外煎熬。我知道你有你的艰难和苦衷，而我也有我的委屈和辛酸，人活着为什么要有这么多的苦痛折磨呢？为什么生活的真相是那么不堪？

还是想叫你小珂珂，虽然你总说肉麻，但是这样的肉麻和宠溺只属于你我之间，这是人间独一份的缱绻爱恋，人世间纵有无尽的美景风光，我独爱的终究是目光所及的那一抹温柔。在众人眼里我孤高冷清，在你面前，我是玫瑰，热情似火的玫瑰，所有的热烈美丽都只为你一人绽放。我也愿意在你面前褪去所有伪装，如稚子孩童般以最本真的自己来面对你。

在最美的年华里，遇到懂你的人，彼此惺惺相惜，即便是清淡如水，那也不是辜负了这春光韶华。时常在想，我是跌落凡间的仙子，你是误入林深的书生，即便是有天规横亘，也阻隔不了我们的心心念念。孤芳自赏其实并不是不孤独寂寞，而是在没有人欣赏的时候，只能如此，因为我不愿意将就从流。因为懂得所以慈悲，因为懂得所以解忧。你成了我的忘忧草，我做了你的解语花，花草争春尚有情，更况乎人呢？

难怪别人都说爱情是男人的春药，女人的驻颜丹，因为美好的日子总是令人忘却了时光的流逝，忘却了世间的一切烦恼与苦痛。爱有多深就有多伤，读了那么多的书，自觉阅尽人世沧桑，能恪守本心，不为外物所迷惑，可终究却是纸上谈兵，道行尚浅，终是脱不开俗套，避不了套路。

我也被裹挟在这俗烂的狗血剧中，时而是人，时而成魔。成魔时我咬牙切齿："若是你欺骗了我，我诅咒你不得好死！"是人时我忧思含情："即便是你欺骗了我，我也还是想你！"或许好事多磨，或许人心难测，我至此才知道，我读的那些书，终究只是大道理而已，只有身入红尘方才能体及其中精华！人生这本书，我要读的还有很多很多……

还是想问你衣食如何？可曾安暖？千言万语，万语千言，终是"想你"！

一阵冷风吹过，半倚在沙发上的眉依不禁打了一个寒战，信纸从手中滑落，可是转瞬间信纸却消失不见了！眉依不敢相信地使劲揉了揉眼睛，心中怅然道：

"难道这是一场梦？"

租　客

　　由于多种原因，全国很多地方的长租公寓管理公司都爆雷了。很不幸，我也成了其中的一个受害者。

　　我一直都是一个佛系房东，不到拖得不行了，我是不会去催收房租的。所以我在时隔两个月之后才知道，自己托管的那家公寓管理公司卷款而逃了。

　　稍后我被拉入一个维权群，群里租客和房东各有各的理，各有各的说辞，有时吵得不可开交，有时又都咬牙切齿地骂那该死的公寓托管公司。

　　我梳理好了事情的脉络之后，咨询了相关人员和部门，一个人到了这座城。

　　先去敲自己房子的门，敲了三分钟都没有人开门。我不确定我的房子是不是一直空着，于是去物管那里寻求帮助，物管告诉我，并不知道是否有人入住。接着我去辖区派出所报备准备换锁，其间有警察和物管人员在场。

　　在等待开锁人员来的这四十分钟里，警察接到电话去往别处了，留下我和物管保安在门口等待。我突然想去厕所，于是就去了。

好巧不巧，就在我上厕所的这十分钟里，开锁的人到了，告诉我房子里面出来一个五六十岁的女人，不准他换锁，还说是隔壁的人告诉她我走了，她才急匆匆地跑了。开锁的人问我该如何处理。

听到这里，我气急了，怎么能这样呢？！我是房东，我本着很大诚意来友好协商，可是对方却如此躲避。我让锁匠换了锁，买了透明胶在门上写了我的联系方式。然后就一直等着。

直到晚上七点钟才接到她的电话，其间到了派出所又是各种纠缠，她各种撒泼无赖，我听着她的那些言语被气得吃了两次速效救心丸。最后她的侄子跟我协商让我先把钥匙给她，她一个城中村的拆迁户孤身一人，容她两天再解决这个事情……

我动了恻隐之心，同意了。于是把钥匙交给她侄子，说道："我相信你的话，请你们守信！"我哪里知道最不可信的就是人性！

于是乎我一个星期后打电话，她又开始了各种无赖言语，令我头都炸了，气得第二天一早再次去到那座城市。

其间各种艰辛，真不想再赘述。总之，等她打完麻将到派出所解决这个事情，我是从早到晚没吃一口饭，进出派出所六次。

因为我性格可谓如教科书般刚烈孤傲，所以这对我来说是一个极受折磨的过程，于我而言也是极为不愿回忆的！我以为所有人都如我一般一诺千金，我以为所有人都如我一般良善重情……

可是现实却一再狠狠地扇我耳光！是我想得太简单，是我把人想得太好，其实也怪自己，怪不得别人！

说了年底的这些鸡零狗碎，再说说我想说的一些东西吧！

　　因为要处理凡间最具折磨属性的房租破事，我终究是回到了这座城市。突然觉得自己读书生活了这么多年的这座城市，对我来说竟然成了一座陌生的城市。就像曾经最熟悉的人，突然成了熟悉的陌生人一般，那种茫然和不知所措的感觉瞬间将我包裹湮没。

　　我找不到方向，没有了归属感，即便见到熟悉的街道，但是丝毫没有了曾经的感觉，没有了熟悉的人。曾经过往仿佛历历在目，而今一切却如婆娑树影徒留斑驳。

　　都说这是一座四季如春的城市，那一天的夜风并不太冷，我依旧是穿了裙子，不太冷的风依旧吹落了枝头颤颤巍巍的枯叶。风动叶舞，或许它们是在跳一曲最美的冬日恋歌，终是免不了曲终人散啊！

　　依稀过往如老电影一般在眼前循环回放，我有如一片残荷置身孤寂的人世间，举目四望满目凄凉。回不去的青春，回不去的曾经，回不去的城市！昨天已然过去，今天正在流逝，明天又将如何呢？我不知道！物是人非事事休，欲语泪先流！

　　写了几段伤逝悲秋的词句，突然觉得和前面房租战役的格调特别不搭。于是沉默良久，怏怏搁笔。

　　你的城市没有一扇门为我打开啊！我终究还要回到路上；我要卖掉我的房子，浪迹天涯……

　　多希望这只是一个故事或一场梦，可惜，这令人厌恶的磨人事儿，确确实实就是生活本来的面目。很多人都说我的生活是他们的梦，其实谁的生活中都是鲜花和蜡烛呢？只是那些琐碎与细屑已然被我用浪漫与诗意过滤了，谁不是一半在假装一半在承受呢？只是，若是连这点儿煮雪听涛的闲趣都没有了，那这荒凉寂寂的人生又要它做什么呢！

一些瞬间

　　许久没有写字了，你们是否已经将我这个未曾谋面，却相伴年长的朋友淡忘？我想，你们不会，因为我亦不会如此薄情。或许所有太过浓烈的情感大抵都会灼伤旁人，毁灭自己，大都经不起这旷日绵长的琐碎与侵蚀。故而，此时此刻的我，更愿意与你们细数光阴静看流水，就这样用淡淡的触感包裹深情与坚韧。只要你们还在，我就会继续写下去，哪怕，只剩一个你。

　　不知何时开始，有些原本动人心弦的文字，突然间变成了铺天盖地的伪文艺小文案，我顿时不再有了念及至心的悸动，转而有些淡淡的嫌恶。也不知道从何时开始，大家都固执地认为我仙气飘飘且文艺浪漫。若说文如其人，那么我是受用的，但是有些称呼却令我感伤，那些如此有美感的词语如今为何让人遍体鳞伤？比如，"美女""文艺青年"……看着曾经那么美好的事物被时光与物欲冲击得千疮百孔，总会心有戚戚，杂感难言……

　　叔本华说："人总是在痛苦和无聊中摇摆。"我亦是如此，似乎总也无法逃脱。待到心境稍缓却未如止水之时，我似乎能缓缓回望那个留在上一个冬天的自己了。久处阴冷暗处的人总是对温暖与光亮有着异常的感知与渴望，有的人总是能量满满，令人不由自主地靠近，这样的人像极了人间四月天。越来越喜欢温柔的人和事物，仿佛"温柔"天生就有一种极致的吸引力一般。后来我才知道，"温柔"其实是学不来的，因为"温柔"本身就是因着爱的滋养而产生的外溢和外显啊！所以温柔的人总能散发出一种抚平一切焦躁与不堪的魔力，令人沉迷，令人不舍。愿我们都能被岁月温柔以待，并报岁月以温柔。

没有发文的这段时日，说长不长，说短不短，我已从枯叶飘零的深秋走到了万物冰封的寒冬。其实也不是没有写字，只是写的都是一些小瞬间，一些心绪的流淌，好似惧怕或懒于去写稍长的文字，故而一直没有新的文字与你们交流。这是我的懈怠与不该，所以今日在此与你们说些闲话，说到哪里就是哪里吧。

这三个月里，妈妈的眼睛做了两次白内障手术，我也是至今才知道从挂号到检查，再到入院，你可以在医院行走几公里，完全可以省去额外的锻炼。在医院奔忙的几日里，我眼见了人间疾苦，我耳听得浮世悲欢。除了产科，似乎所有的哭声都是苦痛的代名词。当然，温情也在此间流动并触动着我：白发苍苍、耳背眼花的两个老人相随相伴，不离左右，这或许就是对"白头偕老"的最好诠释了吧！年轻的男子穿着单薄的衬衫在雨中搀扶着虚弱的父亲，突然变天风疾雨骤，他却那么耐心细致，以至于让一旁穿着裙子躲雨的我也感觉不那么冷了。医生叫号看病时，没有挂号的藏族同胞走了进来。看着不会讲汉语的老人，医生对护士说，先给他看吧！老人旁边给医生陈述病史的人竟然不是老人的女儿，只是他的邻居而且只有她一个人会说汉语……

这些画面与场景令我动容甚至湿了眼眶，可是我依旧怕去医院，因为那里有太多的人间故事，太多的生离死别。妈妈一只眼睛多年前黄斑裂孔手术后未能长好，视力基本丧失。如今又是白内障，她心中甚是忧惧，常常夜不能寐，食无滋味。我不知道如何开解她，只能无声陪伴。当我扶着她做各项检查，扶着她走出手术室时，我能感觉到，她抓着我手臂的力度更大了，双手甚至有些微微颤抖。一瞬间，我有些恍惚了，仿佛光阴流转回到儿时，母亲扶着蹒跚学步的我一脸欣喜满眼鼓励。只是，这次换了我来扶她，原来我的长大是以她的老去为代价！妈妈呀！请你慢些老去，我内心依旧住了个小女孩。

感恩医生和朋友，在妈妈手术期间多方照顾，妈妈的视力恢复得不错，原本黄斑裂孔的那只眼睛也能勉强看清视力表最大的那一排符号了。此时妈妈的脸上才又真正恢复了往昔的笑容，我也暗暗舒了一口气。我在想，若是妈妈失明了，要我一只眼睛，我会不会愿意呢？我想我可能会在犹豫后拿出我的一只眼睛，可是妈妈定是宁可余生生活在黑暗中也绝不会接受的！想起一句话：如果可以一命换一命，那么医院的天台上一定站满了排队的母亲。

还有一件有意思的事，我的车在两个多月里被碰了两次，每次都是跟妈妈在一起，妈妈说我们两个命里相克。其实我想说，相生相克是一个循环体系，此时的我其实是处于极度自我的状态，是执拗的，也是倔强的，更是傲娇的。我知道，所有的"相克"终将会在岁月的打磨中得到和解，而我在进家门时只会先叫那一声"妈妈"。

其实来日并不方长，唯有活在当下，珍惜那些值得珍惜的人，善待那些善待自己的人。在取舍得失中多一些从容，在烈火烹油中留一些淡定，在雨雪风霜中看夕阳斜照……最后把所有的尘埃淬炼为"温柔"的养分，滋养我们的灵魂。

碎碎叨叨夜已深沉，在2021年的最后一天，我与你们闲话漫天，也与你们一同度过。时至如今，我相信一句话："一切会不会好我不知道，可是我知道，一切都会过去。"睡前原谅一切，醒来便是重生，愿你我在新的一年里常欢喜，得自在。

那个年代

她调侃地说："老李年轻时相亲近五十次，没有一次成功。因为他看上的，看不上他；看上他的，他又看不上别人。其实老李迟迟没有结婚的原因还是因为家里穷，给不出彩礼。"

我问："现在你们农村老家结婚还要给彩礼吗？""当然要给，而且基本都是彩礼三十八万八，还要有婚房……现在在农村，这婚，真的是结不起了啊！"她感叹道。

"那你当初嫁给老李时，他给你多少彩礼了？"我打趣地问。

"他？一分钱都没给！当时都在厂里打工，他总是能跟我聊得来，给我一些人生的指导和建议，给我一种归属感……我们姐妹七个，从小就没有受到太多的关注，也没有人这样关心我们。所以我在老李身上感受到了许多温情，也许，这就是爱吧！"

"我生了大女儿，领着去南屏街，她抓鱼，我在旁边看。她想吃汉堡包，我身上只有十几块钱，给她买了汉堡包。看着她吃，其实我也想吃，想得流口水，当时我也不过十八九岁而已……"

听着她的叙述，许多画面如电影片段一般在我眼前浮过，我问她:"你不是想买一串珍珠项链?淡水珍珠,真的不如海水珍珠的光泽好,还是澳白的要好一些。""嗯,我问问老李。其实也不是我没有钱,只是习惯了,什么都要问问他,他才是我的主心骨,不问他,我会心里非常不安……"其实,万事不是自己拿主意也是一种幸福,因为有了依靠,所以不必事必躬亲,抑或自由。

万事都能自己做主,自由且孤独才是被别人所羡慕的,我不知道,你也不知道。

"现在你是不是觉得自己很幸福呢?老李事业有成,你也可以想买什么就买什么,成为别人羡慕的对象!"

"嗯!可以这么说,我现在过得很好,很幸福……"

"真好!如果没有那些看不上老李的人,你或许都没有现在的好日子呢!或许老李也没有现在的成绩,所以,你们这是相互成就,你这是旺夫,他也是旺妻……"

苟富贵,勿相忘……

西藏行记（一）

听七月说，小逸来过了，在雪域的影子里晶莹剔透。

听八月说，小逸回去了，在单薄的云朵里恍若一梦。

我去了一趟西藏，又回到了大理。旅程不长不短，旅途亦是毫无波澜。总有人会说，去西藏的人喜欢装，喜欢标榜自己与众不同。这是多么可笑的论调！我其实就是单纯地想出去走走而已，只是现在我也只能在国内，缓慢地把那些没有看过的风景一一赏读，继而留存，直至逐渐丰满我那日渐萎靡干枯的生命。

矫情的人总是只能写出一些矫情的文字，幸而我还有你们，包容着我这倔强的矫情，以至于现在的我仍然可以游走在世俗与梦想的边缘。有人问我："你写的是散文吧？"我感到一丝欣慰，心想至少这个年头还是有人知道什么是散文的。可是接下来他又说："文章太长了，我读不下去。我只知道我读不懂的，就应该叫作'散文'了吧？"嗯，是的，读不懂的就叫"散文"！这句话真经典，我得记下来。其实我还没来得及说，我也写诗，我更像个诗人……

言归正传，我的这次西藏之行，是在跟朋友吃饭闲聊时定下的。四个女人喝了点儿酒，趁着酒劲当即买好了去西藏的机票。过后她们有人说这样说走就走是不是太仓促了？可是于我而言既是偶然也是必然，既是机缘巧合更是蓄谋已久。我已静置太久，快要干涸抑或发霉了，我必须去远行，去到远方继而获得归来的力量。

人或许对于自己想接收的信息会特别敏感。前段时间，我听到、看到的似乎很多都会和西藏扯上千丝万缕的联系。即便没有联系，敏感如我也会强加许多内部的内在联系。印象最深的是一个朋友对我说："我有一段时间压力特别大，掉头发，吃不下睡不着，整个人都要崩溃了，可是还得一切如常干该干的事儿，尽自己的责任。别人都以为我看上去没有什么变化，其实没有人知道我那时生活在人间地狱！后来终于有一天，我请了假，买了机票去往拉萨，一个人包了辆车去了理塘，就这样一个人待了几天晒了几天太阳。再回到自己的生活，我竟然不用吃药也能睡得着了，然后慢慢地就什么都好起来了……"兴许是从那时起，我的心里便埋下了去西藏的种子，对那里的缺氧和治愈有了好奇心吧！

那么我也来赘述一下我这次的行程见闻，大家权且当流水账看即可。我们原本订了七月二十日大理直飞拉萨的机票，后来因为天气原因航班取消了。商量过后我们改签了七月二十二日的飞机。从大理到拉萨直飞的航班一般都在晚上，航程大概两个小时。我们心里都有些欣欣雀跃，十分期待这次旅行。我甚至没有吃晚饭，想着到了那里出去吃夜宵。越是这样迫不及待，就越会出现阻碍。广播里一次次地播报着航班推迟的通告，直至半夜十二点，我们都昏昏欲睡了，才上了飞机。

飞机上，我开玩笑地对她们说，我想要遇到一个丁真那样的帅气男子。她们白了我一眼，告诉我："你现在左右坐的都是我们……"就这样，我刚刚生出的浪漫情愫就这样被雨打风吹去了。可是我的脑海里总是不由自主地出现一句话："谁是雪域最大的王？谁是世间最美的情郎？"不知为何，仿佛着了魔一般，这两句话总是回荡在我耳边，久久不散……

两个小时后，飞机降落到拉萨贡嘎机场。贡嘎机场离拉萨市区近一小时的车程，一路上她们都在问司机问题，我是饿得前胸贴后背的，只想着吃什么好。在下高速要进城时，司机接过我们的身份证，进行了例行检查。随后司机解释道："在西藏，不管去到哪里，都要带着身份证。"起初我对此感受并不深，但接下来的旅程让我充分认识到身份证的要紧之处。司机是河南人，在西藏跑旅游车已经两年了，对于高反身体并未有太多的不适感，也就继续在这里挣钱了。一路闲聊着，同伴突然提出想请司机带我们先去看看凌晨的布达拉宫，在同伴的撒娇声中，司机应允了。于是，我们就这样远远地看了布达拉宫一眼，透过车窗拍了几张有点儿花的照片。灯火通明的布达拉宫依旧是那么庄严雄伟，令人产生一种敬畏感，不敢亵渎，不敢妄语。只此一眼，我们之前的疲惫与劳累瞬间一扫而光，取而代之的是对接下来行程的期待。

到了酒店，我们草草地跟一个当地组团的旅行社签了合同付了款，就到隔壁超市买了方便面。一桶热气腾腾的方便面下肚，我感到通体舒泰，哪里顾得上什么高反啊！有的只是困意和对酒店条件的抱怨。当然还有那两句诗："谁是布达拉宫最大的王？谁是流浪在拉萨街头最美的情郎？"

想着还能睡两个小时，我竟然一闭眼就睡着了……

西藏行记（二）

吉曲岸上，小逸忘却了，在长河的浪花里丝缘浮沉。

纳木错边，小逸记起了，在落日的脊背里红尘迤逦。

刚睡了两个小时，就被闹钟吵醒了。我们赶紧洗漱，淋浴的地方没有热水，洗手池没有冷水，我想这是为了让我们不要洗澡而设置的吧！与我们对接的人告诉我们，来西藏的前几天不要洗澡，容易高反，而且感冒了很危险，但并没有告诉我们感冒为什么危险。于是我查了一下，原来是因为在高原感冒容易发生肺水肿的情况，那样就真的非常危险了！

是的，我们到了拉萨报了个团，因为毕竟第一次去，西藏又是个相对特殊的地方，各种不熟悉加之是四个女子同行，所以心中难免有些担忧。所以我们报团出行，并且没有买回程的机票，准备随性而走，好玩就多玩几天，不好玩就早些回去。

我们跟团的第一天就这样开始了，这边正在吃着要靠抢才能拿到的早餐，那边的旅游车就开始催促了。我们每个人拿了两个鸡蛋提着自己的行李箱上了旅游大巴，开始了去往林芝和鲁朗的旅程。

导游是个嗓音尖细而又有些阴柔的男子，他说自己是藏族，在日本留过学，家庭条件非常好……但是我看着他细瘦的身材，总是与我想象的藏族男子形象相背驰，而且那尖细的嗓音，令我总是感觉被人掐着喉咙一般不适。他说自己叫达瓦扎西，我们可以叫他达瓦，意思是月亮，而这个名字大都是女孩子常用的。嗯，月亮本就是阴柔的，确实都挺阴柔的。导游开始了持续两个小时不间断的演讲。他挺会跟人聊天的，每句话的开头都用"你们达瓦"，达瓦是世界的，也是你们的，他们达瓦讲藏传佛教，讲许多传说故事，讲许多个人修行……由于我只睡了两个小时，所以一上车我就用从大理古城三十块钱买的围巾把头蒙住，昏昏欲睡。我的行为令达瓦很不开心，或许我这样会令他对我的精神传递出现阻隔吧。

"一个人老是在别人面前说自己拥有什么，那很有可能他仅仅只有这些，抑或他求而不得的就是这些。"我似乎对这句话有了更深的理解。达瓦说他出生在富裕家庭，日本留学归来，有信仰……于是我的心中有些澄澈了，对他也有些佩服，毕竟他是专业且敬业的，记性也确实好，能两个小时不喝一口水地持续输出，甚至还拿出一本画册，图文并茂地进行教学。这样的功力想来并非一日之功，这也算得上术业有专攻吧！突然想到一句话："你所遇见的人，都是命中注定该遇见的，只是有的人是恩赐，有的人是教训。"后来我才知道达瓦的每一句话都是埋下伏笔的。我知道我的修行不够，我也只是越来越沉默了。

终于，达瓦停下来休息了，没了"催眠曲"我竟然睡不着了。人间绝色都一定要在如此险峻崎岖的路途中吗？无限风光在险峰，太美的风景总是欣赏者太少，因为道路太险，太过艰难，一般人总是有心无力或者有力无心去坚持，故而也就无法抵达最险的山峰。

除却水的颜色，沿途风光与云南极为相似，大理的水与大理的天空是一样的颜色，净透或深蓝。而西藏的水因为矿物质含量高，无论或蓝或绿，似乎都带着一种异样的艳丽和清透，像极了绿松石、蓝松石的颜色，那是一种夺目绚丽、摄人心魄的美，艳而不俗说的就是如此这般了吧！所以，我独爱此处那一汪如松石般瓷透清艳的水。看着沿途的山水，周围的聒噪似乎也就没那么令人难以忍受了。一路盘山而上一路颠簸崎岖，我脑子是空的，心也亦然，没有一点儿与人交谈的欲望，并非高冷，只是因为疲倦——身心俱是如此。其实人生路上有太多的风景，可惜的是我总是独自静静地欣赏，独自去消遣，最后兴味索然，总觉着像是辜负了这般良辰美景啊！

朋友都不愿让我帮忙拍照，因为用朋友的话说："你这技术，只是照相了没有？照了！有个模模糊糊的影像而已。"所以我近来总是十分羡慕那些拍照高手，能准确地透过画面表达自己的情绪，而我总觉得自己有些糟践这过往人间，故而想好好学习一下摄影，可惜没有老师，不知从何着手。

都说旅行的意义不在于目的地，而在于旅途中所遇到的人和事，在于旅途中心情的细微变化。大概是这么说的吧？这么烂俗的句子其实我是不愿意说的，但是我还是认同年轻就要去体验，不断地体验，通过体验去修行，去淬炼，去丰盈自己的平凡普通与独一无二。

其实西藏大部分地区都是苦寒之地，当地人民的生活并不容易：在拉萨普通超市买矿泉水是三块一瓶，到了景区就是五块、七块甚至更贵，而我们在内地，同样的水在超市里买，不过是一块钱而已。小逸突然想，如果我在人间贩卖故事活不下去了，那我就到西藏卖矿泉水吧，那样或许要简单容易一些。出来这几天，平日里的那些挑剔和嫌弃几乎都被方便面填满了。

鲁朗林海，其实是山坡上那些灌木或树木，由于光影或是自然差异显现出来的深浅不一成片相连的绿色，像海水一样广阔绵延一望无际，像海水一样因为色彩的深深浅浅有了层次的变化，像大海一样静谧深沉包容平静……

到了鲁朗小镇，达瓦导游凭借三寸不烂之舌，为我们描绘了墨脱石锅鸡的美味，我仿佛看到了热气腾腾的石锅里有一只脱了毛的鸡在向我召唤，让我去吃它。我偷偷擦了擦嘴角，还好没人发现我流口水。拿到房间钥匙，看着我的大箱子，再看看没有电梯的二楼房间，我终于忍不住了。这时朋友过来，帮我拎上箱子一口气到了二楼。我要谢谢我的朋友，虽然都是女子，但是一路上却对我关照有加，抛却"怜香惜玉"这样的腻味词语，这也便是同行的意义所在了吧！因为我时常与周遭的一切格格不入，像是从旧时光里穿越而来的人一样，所以我对现在的光景感到陌生，感到害怕，这也恰好是令我时常游走于疏离与熟络的两端的原因。放好行李，换好衣服后，我们去了餐厅。那充满腥气的石锅里零星地飘着点儿碎末油荤，旁边放着几小盘菜叶，鸡？别开玩笑了，还是高价方便面最暖人心！只怕是回去后我要几个月闻不得方便面香了。

　　我出来带的全是在大理古城买的那些平日里穿的衣裙，以及为了照相而买的一条大红色的一次性长裙。我们都很开心，女人逛街的乐趣或许大抵都是如此简单。为什么说这条大红色的裙子是一次性裙子？当然是因为质量太差了！但是这也无碍我对拍照突然衍生出的欢喜与热情。假装吃过石锅鸡后，我们就去拍照了，路上时不时经过一些车辆，有的似要跟我们搭讪，而我们都默契地专心拍照。我们一通互拍乱拍，似乎把这一路的风尘仆仆和腰酸背痛都洗去了，之前的种种不快也随着夕阳一起落下。

西藏行记（三）

风月无边，小逸迷路了，在时间的缝隙里恻恻轻寒。

如是我闻，小逸入定了，在梵唱的涟漪里莫问西东。

第二天一早照样是早早起床，一路颠簸行车去到尼洋河与雅鲁藏布江交汇的一个地方。导游带我们到观景台照了几张相片，就带我们去吃午饭了，这算是这两天以来能吃出点儿味道的一顿饭。我一看，是川菜，挺好的，能有盐味有点儿油荤。吃过午饭，我们到了雅鲁藏布大峡谷，这里有几个景点，有的相距十来公里，一路都需要搭乘景区里面的大巴车。这是一票通，都是不能折返的。我们顺着路观景，景致像极了云南的怒江。阳光很刺眼，我虽然带了太阳眼镜来，但是因为懒，放在箱子里了，所以一路都在忍受着强光的直刺。有意思的是，我在这里还遇到有人打架，平日里我总会去看上几眼，但是现在的我像极了一个老人，已经对周遭的喧闹提不起一丝兴趣了。

到了谷底，竟然有温泉泡脚，二十块钱一位，若要喝茶十块钱一杯，还给你提供一水壶热水。价格很亲民，人也不算多，挺好的。走了那么多路，把脚放在露天的温泉水中，喝着茶，听着音乐，看着滚滚而来的雅鲁藏布江，看着如织的游人时而拍照时而欢歌，心情也一点点明朗起来。估摸着时间差不多了，朋友催促要留有返程时间，于是我意犹未尽地擦干脚上的水珠，回望了一眼一直向前奔流不息的江水，人生与这江水不是一样的吗？无法回头只能向前！

　　回到车上，导游把我们带到一个不太知名的小寺院，讲解了佛塔和灵塔的区别，讲了莲花生大师，讲了宗喀巴大师……在这座小寺院里，我遇到了来供奉酥油的父女二人，看到了他们对着佛像磕等身长头，见到了真正的转经筒。我不磕长头却也拥抱了尘埃，我不转山不转水，我也心中默念转动经筒祈愿余生所见皆是温柔……

　　天色有些暗淡下去，阳光也不再刺眼，离天黑却尚早，此刻应是这里最舒服的光景了吧！我们急匆匆地回到了尼洋河与雅鲁藏布江的交汇处，我看到了两种不同颜色的水在江面上融汇流淌，感到十分新奇，便问了问船上那个笑容爽朗的讲解员。她笑着说因为是雨季，所以雅鲁藏布江流下来的水是浑浊的，尼洋河却依旧平静，才形成了这样奇特的景观。不知为何我会想起"半江瑟瑟半江红"这句诗，虽不恰当，我却也词穷了。相比江边的风光，令我印象更深刻的却是那姑娘的笑容，我是多久没有发自内心地笑过了，我也不记得了！

　　同伴给我买了炸土豆条，一车人都在等我们，一盒炸土豆的香味弥散在整个车厢，我着实是不好意思的，可是在每人分一块都不够的情况下，我只能不要脸皮地吃独食了。一个小时后，车到了林芝市内，由于吃了独食不饿，再加上是市内，可以寻到许多吃食，所以那顿晚饭我几乎没吃，其实是看着就不想吃。住下安顿好以后，同伴们就约着去吃烧烤了，是在大众点评搜到的一家烧烤店，有我手臂那么长的烤串，还有私房小面，味道不错，总算是吃到肉了。这一路不见荤腥，让我都快忘了自己其实是个肉食动物的事实。吃完烧烤，同伴提议骑小黄车回酒店，我不会骑，朋友就带着我，晚风拂过我的脸，我吹过了你吹过的晚风，或许也算和你相拥了吧？

林芝的气候和含氧量跟内地似乎没有什么区别，到了路口，同伴看到前面有个慢摇吧，就提议进去看看。我手上拿着一杯奶茶，被要求放在外面，接着严格检查随身携带的小包，堪比飞机安检。点了不太像酒的酒，她们开始摇晃，我却有些不自然，我旁边有一个人开了四瓶酒，全场工作人员都在欢叫着簇拥着他，颇有些"王"的架势。我很疑惑，朋友告诉我这酒八千八一瓶……旁边的比客人还多的工作人员笑容僵硬地不断向空中抛酒假美元，我突然想到四个字——纸醉金迷。

见我不适，同伴们也没有逗留太久就回到酒店睡觉了。第二天是返回拉萨的路途，路上有一个叫卡定沟的地方，好像叫千佛瀑布。在导游的指点下，我看到了需要想象力丰富才能分辨出的天然佛像和神兽。返回拉萨的路上，遥望远山，竟然见到了南迦巴瓦峰的全貌。导游说南迦巴瓦峰一年只有六十天能见到，平时都是云遮雾罩，六十天里能露出全貌的时间屈指可数，他说我们是幸运的，对于他的这句话我也是认同的。

由于机缘巧合见到南迦巴瓦峰全貌，全车人都处于一种亢奋状态，与之相较返程的疲惫也就不足为道了。回到拉萨，住到一个老旧的酒店，虽有抱怨但是还有热水，还能洗澡，也就不再多言了。晚上我们到旁边的市场逛了一下，发现水果都挺贵的，其余还好。这条街跟大理下关的街道相似，卖的东西也大同小异，甚至有些衣服比大理的还要时尚、便宜一些，在逛的过程中有一个同伴甚至买了几套衣服，最后邮寄了回去。果然女人总是喜欢逛街买东西的，到了西藏也不例外。

　　暮色渐沉，我们都很累了，头也有些疼，我并不知道这是缺氧的反应，我只是觉着太累……

西藏行记（四）

玛布日山，小逸看见了，在苍茫的高原上漫天盛音。

布达拉宫，小逸知道了，在盖世的竺法下拈花微笑。

今天要去羊卓雍措，简称"羊湖"，是西藏的三大圣湖之一。在藏语里，"措"是湖泊的意思。一直都听闻羊湖极美，于是强打了精神要一睹羊湖的绝世容颜，心中也是有些小期待的。可是让我们早早起来后，达瓦导游却把我们拉到一个叫"法物流通处"的地方。进去之前，那里的工作人员给我们每个人一张号码牌挂在脖颈上，我也不知是何用意。

达瓦对着门口的一幅唐卡稍作讲解后，就把我们交给里面的工作人员，说是让他带着我们参观。工作人员先把我们带到一个小厅讲"天珠"……然后我的手机响了，我出去接了个电话。回去后朋友问我是什么事情，我说不住的房子一年物业费要交两万多元。她新装修了房子，又跟我说起一些琐事，几个人小声说了几句话，并未大声喧哗影响别人，可是讲解员理直气壮地告诉我们，若要聊天，就到隔壁去。我说："好的。"于是走出了那个小厅。想来是我们影响了他的宣讲。

出来后我们往里走，像是一个商场的地方，像极了云南接待旅游团队的玉石城，只是这里卖的是各种"天珠""珊瑚""绿松石"。走到一个小间，同伴问了问年轻的女子有没有唐卡在售，这时一旁的一个年纪略长的男子，他对着我们一行两个人说了些话。此时我心慌心跳得更厉害了，就跟同伴说我要去车上找导游买便携氧气瓶。于是我就下楼了，找到我们的车，含了十颗速效救心丸，再吸了一会儿氧气，不久，同伴们也回到了旅游车上，朋友兴奋地跟我说她请了一幅加持过的唐卡邮寄回家。

紧接着我们去了一个叫"××研究所"的地方。同样，导游将我们带到那里，把我们交给里面的工作人员后就去休息了……

磨磨蹭蹭到了下午，终于来到了羊湖，虽是天公不作美，细雨如丝薄雾蒙蒙，看不到艳丽澄澈的羊湖，却也见着了含情脉脉水汽氤氲娇羞温婉的羊湖。一边吸着氧一边在观景台与它对望，我们就这样相互凝视着对方，静默，不语。突然有一种感觉，我像是在践行着一个千年的承诺，千里迢迢跋山涉水为它而来，而它亦像等待了我千年，一种祥和，一种久别重逢，一种恰似故人之感充盈于心。没有悲伤和泪水，只有平静再平静，回望一眼，在心里轻轻地对它说了一声："我来了，再见！"这种莫名的情愫在我心中回旋不绝，我不知是何故，也不想去探究，我只知道那一天的羊湖很美，那一天的我亦然。

回程的路上，由于出现高原反应，我又吸了一罐氧气，这种便携式氧气罐大小如灭害灵杀虫剂，有一个塑料罩子，卡好喷头上的小孔后用罩子对着嘴，按一下喷头就会出一点儿氧气，跟喷杀虫剂一模一样，不同的是这个喷出的是氧气，而我是人不是虫，杀虫剂在杀虫，它却是在救我的命。来到山脚到了吃饭的地方，导游说，这里的人没有收入，只有靠自己生产的旅游特色商品来维持生活，让我们发善心布施，多买一点儿东西。我进去逛了一圈，觉得那个炒青稞杂粮挺好吃的，我也饿了，就买了一小袋。同伴有一人买了好些零食，到后来，我们在拉萨的一个店里也买了很多包装与之一模一样的小零食，只是价格少了一半。

我看过了落日的余晖给世间万物镀上了一层金边，看过了大海潮起潮落后的一切如常，看过了温婉的小溪执拗地奔向远方，看过了都市里霓虹闪烁下川流不息亦不会为我驻足的人流……我还是看不够红尘里的悲欢离合，市井里的人间烟火。或许我走过最长的路便是这人间的套路了吧！是的，我又有些矫情了，虽然是流水账，也得保持我的本色，不是吗？

西藏行记（五）

草色青青，小逸习惯了，在雪莲的香气里梦回唐朝。

白雪皑皑，小逸飘散了，在旗云的葱茏里化作山川。

晚上，在返回拉萨的车上，导游达瓦开始亲自上阵了，他说司机工资少、工作辛苦，他跟司机一起从厂家拿了一些特产借这个平台向我们推广一下……一番煽情并不动人，但是想了想我还是买了两千多元的藏红花，毕竟出来一趟无论如何也得带点儿东西回去，总不能两手空空吧！

此时却发生了一件令我十分不愉快的事情，同行车上有一个跟我父亲同岁的男子对达瓦说，因为自己之后还有行程不便携带物品，所以暂时不买，等有了需要再发微信让达瓦邮寄。

达瓦却一脸讥诮鄙夷地开始骂人。此时，我的眼睛模糊了，我看着眼前的达瓦身后似乎有了幻影，像是饕餮，像是深渊。也许每一个人的心里都有神明和魔鬼共居，只是有的人天天口中念着向善，却用无休止的贪欲滋养心中的魔鬼，终究也被魔鬼吞噬了……

看着那个有我父亲一般年纪的男子像个无助的小孩在被人无端呵斥责骂，甚至被说得像缀满果实的向日葵一样低下了头，达瓦还在不依不饶。我实在忍不住了，不愿意再做那沉默的大多数了，于是我站起来面无表情地对达瓦说："你不要再说了，这车人已经买了这么多东西，你还差他一个吗？"此时车上很多人也一起附和着我。见此情形，达瓦有些不甘地翻了几个白眼后转头继续登记其他人购买的货物，说是先收钱，东西第二天送到酒店。

连压货垫资都不用，确实是一门好生意……至此我发现了达瓦的一门绝技"变脸"，或许这样的"变脸"很多人都运用得炉火纯青了吧？可我却怎么也学不会。

卖完特产，达瓦告诉我们他明早要去带新的团了，明早最后一个行程由另外的导游带我们，到时候我们就会知道他有多好了。我在想他究竟是有多好呢？善恶一念，佛魔一瞬，我非常赞同达瓦说的一句话："所谓因果其实就是选择！"可惜说出这句话的达瓦并不懂得如何选择。

第二天一早，我们被告知车上的人得分两拨去参观布达拉宫，于是我们被打散了，各自去参观这个重要景点。到了里面有很多导游，我跟同行的小伙伴请了一个导游为我们讲解，这是一个藏族小伙子，他说他会英语、日语、汉语，能带外团，我问他在哪里学的这些语言，他说在公园景区学的，跟游客学的。他说着不太流利的普通话，皮肤黝黑，笑起来牙齿很白，我似乎闻到了些许阳光的味道。哦，对了，他也没有留过学。在广场排队进入景区的时候有人来问："要不要换零钱？六十换五十。"我一看那人拿的都是一沓沓一角、五角、一元面额的纸币，整整齐齐地用橡皮筋捆好。于是我换了两百多块的零钱，准备学着当地人的样子在每个能放钱的地方都放上一张纸币。

在我们请的导游这里得知旅行社帮我们预约的只是半程的票，半程票是不能走完全程的，如果重新预约也只能一星期以后，就算想花高价买也不行。听到这些我们都有些生气，但是又无可奈何，只能安慰自己，告诉自己：留有些许遗憾，才能有再次前来弥补缺憾的理由。

我没吃早餐，便在导游帮忙换票的时候去买了一包奥利奥饼干、一瓶矿泉水，东西明码标价，矿泉水三块一瓶，我给导游买了一瓶，付账时手机没有信号，于是我换的纸币派上了用场。进入寺庙后是不能拍照的，于是我收起了手机。

参观完布达拉宫，在出口处有一个游客购物的地方，里面的东西明码标价，我喜欢上了一套茶杯，又嫌随身带着走麻烦，就恋恋不舍地放下了杯子。此时同行的两个小伙伴看到就拿出手机查了一下，发现网上竟然有布达拉宫旗舰店，只是上面的所有东西都比我看到的标签上的标价要高很多。两个随缘相识的小伙伴也赶紧多拿了好多东西。我当然也就把放下的茶杯又拿起来了。我还买了一些塔香和一个一眼就看上的纸质笔记本。我心里盘算着东西不重，我的箱子很大，去掉了包装完全能装得下。

回到家后我还忆起两位可爱的小伙伴，虽是短暂相处，却是一段愉快的记忆。我发现，经过时间的打磨和沉淀后，记忆总会如自带滤镜一般，滤去了很多不堪和伤痛，放大了美好和安宁。而我们所经历的一切，好与不好都是我们的人生啊，真实且痛快！

　　接下来的几天就是我们在拉萨自由行的日子了。至此我才知道旅游和旅行的区别，我们果断换了一家条件不错的酒店，身体不再有那种压抑逼仄的感觉，瞬间觉着哪里都舒服了。我们同去的四个人中两个人想去逛街，两个人想去大昭寺，于是分开行动，我和朋友去了大昭寺。在门口我们还是请了一个导游，这位导游身材壮硕、皮肤黝黑，形象有些接近我固有印象里的藏族同胞了。他的专业知识十分完备，一路讲解十分详尽，毫无遗漏也没有丝毫懈怠。我戴着耳机或远或近地漫步在他附近，不必紧紧跟着也能听得清楚，这令我感到一种闲适自得——这种信步闲走才是我想要的状态。人生也是如此，我想要的只不过是内心的淡定和从容罢了，或许这样的安稳淡泊才是我人生的最终归宿吧，吾心安处是吾乡！

　　之后几天我们逛了八廓街，那里的街道除去建筑风格与一般古城有所区别外，还因为临近尼泊尔，很多店铺出售着来自尼泊尔、印度的手工艺品而平添了几分异域风情，令人忍不住驻足观看。我们也吃了需要排队才能吃到的措姆凉粉，说实话，价格便宜，至于味道嘛，我还喜欢大理本土的凉粉，别笑，我确实是爱极了自己的家乡，听不得别人说它半点儿不好。但是措姆凉粉店里的咖啡奶茶确实不错，我喜欢甜食，还想再喝。我们去了许多店铺走走看看，我买了一个小香炉，没有为什么，只是一眼就喜欢，这就是眼缘吧。恰巧它也可以用来燃我在布达拉宫买的塔香。

　　我们订好了实景剧《文成公主》的票，可是由于西藏的夜晚来得有些慢，要晚上九点钟演出才开始。因为是露天实景演出又在山上，到了这里是要穿得厚一些才行，山脚就有租棉衣的，可以三十块钱租件棉衣，在这里做生意的几乎都是外地人，四川、河南来此地经商的比较多一些。我在西藏全程都穿着素日里穿的中式改良服饰，似乎与周围游客的穿着有些不搭，对别人投来的异样眼光，厚脸皮的我已然习以为常，并无太多的不适之感。不得不说，这部剧非常值得一看，抛开剧情的艺术化加工，把这部实景剧的主题定调在"爱情"上以外，整部剧无论是舞台效果和编剧音乐都是非常精良，反正挑剔如我全程都被吸引住了，并未多看一眼手机。

闲适的时光总是溜得飞快，不知不觉就到了在拉萨的最后一天。还是分头行动，她们去拍藏装照，我和朋友去了色拉寺看"辩经"。色拉寺其实是一个寺院群落，占地很大，游客却很少。这样的清净是我喜欢的，此时我的心情似乎如天空的颜色一般澄澈透明，我喜欢这样的节奏，喜欢这样既不吵闹又不孤寂的地方。我们似乎运气很好，像是遇上寺院的大法会，辩经结束后这里的高僧在高台上不知讲些什么，而后又开始了像论文答辩一样的场景。虽然听不懂他们的话语，但是只看他们夸张的动作和专注的神情也可以令我饶有兴味地消磨掉这一整个下午。在此期间，僧人们还给所有观众逐一发了饭食，旁边的老阿妈用仅会的汉语告诉我："这是八珍饭，里面有酥油和人参果，吃了会吉祥如意、身体健康。"是甜的，入口就是浓浓的酥油味，恰巧我喜欢这样的甜食，所以一口气吃完了。吃完八珍饭，树下已经摆放好了保温壶，里面装着酥油茶，我们可以自行取饮。

此时，一个穿着艳丽藏袍，年纪五六岁的小女孩轻轻地在我身旁坐了下来。她很安静，很乖巧，像一只小猫咪一般惹人怜爱。她的眼睛像极了西藏的天空：纯净、澄澈。她一直露着洁白的牙齿对着我微笑。我随手拿出了包里的巧克力给她，她开心极了，一边擦着嘴角的巧克力渣儿，一边羞涩地对着我笑。那样纯真的笑容、干净的眼神也是我对色拉寺最深的印象所在。此刻，我的心是平静的。

回到酒店，拍完照片足疗归来的她们是舒坦满足的，看了辩经吃了八珍饭的我们亦是觉着欢喜圆满。各有所得，也算不虚此行了。出来近十日，有些想家了，想大理的小锅米线，想大理的生皮，想大理的风花雪月……是的，我也该回去了。

回程一路顺当，没有晚点，没有堵车。经过这一趟旅程，回到家后的我整日昏昏欲睡，严重时甚至到了在饭桌旁坐着都可以睡着的地步，舅舅告诉我那是"醉氧"。起初我还不信会有这样的病症，以为舅舅在跟我开玩笑，后来我去百度查了一下才知道真有这样的症状。"醉氧"也叫低原反应，是身体适应了高海拔地区的高压缺氧后，又突然要适应低海拔地区含氧量高的环境而产生的一种适应性症状，休息一段时间后这种症状会自行消失。对此我其实并无怨愤，只是觉得"醉氧"的那一周睡得很好，还想一直"醉氧"罢了。奇怪的是，不知为何回来称体重时发现我竟然长胖了八斤。我只能告诉我妈，我那是水肿不是长胖。更奇怪的是半个月后我竟然真的"消肿"了，我至今不明白为何会出现这样的情况，查了百度也不得其解，或许我真的是"水肿"了吧！

西藏之行至此结束，零零碎碎拉拉杂杂记录了一些，挑挑拣拣思来想去抹掉了一些，算是矫情的流水账。此时已是凌晨五点，过一会儿天就要亮了，我索性泡一杯浓茶坐等天亮。回来之后一直都在反思，当我与周围的一切格格不入的时候，是不是我真的需要改变了？可是这世界变化得那么快，快得令我目不暇接，快得令我跟不上节奏，我确实有些茫然而不知所措了……这就像我无法回答别人问我为什么不睡觉这样的问题一样，因为我确实是在做一些无用却悦己的事。我无法告诉别人：我很撕裂，我的身体里住着两个我，白天埋没于生活，夜晚觉醒于灵魂。一个现实，一个真实，我熬的不是夜，而是自由，是一个被裹挟束缚的灵魂所渴望的自由！而且这样的感受别人亦无法感同身受。所以别试图改变我，我比你想象的更固执；别一再试探我，我比你想象的更深情；别轻易给我贴标签，我比你想象的更有趣……

文后旁白

在我想要四处游走，跳出自己的这片"四方井"似的空间时，出行似乎越来越难了。但我仍然想尽可能地多出去看看，哪怕一年只能去一个地方，似乎也还不错，似乎也不算晚。旅行的意义或许真的就是在旅途结束时，有多少个"再见"说不出口。

太平欢

太平欢，太平欢。

千载悠悠大河川。

舟行浪端，船亦行浪端。

隐入尘烟

连日缠绵的几番秋雨，扎扎实实地把我从燥热难耐的夏天带到了凉风习习的深秋。此时我才忽而知晓，我未曾提笔写字已有春夏秋三季之久，在这漫长的时光里，每日里不是喝茶就是昏睡，看似岁月无恙一切如常，可是只有我自己知道，其实我是睡不好、吃不香，也就是寝食难安！

这样的日子伴随我已是旷日年长，我其实也早已无奈地接受。可是在与朋友的闲聊中我发现，现如今，像我一样的人越来越多了，而且数量还在不断增长。对此，我是感到悲切与难过的，可是，我又能说些什么做些什么呢？生如孤雁心若浮萍的我们，匆匆忙忙来这人世间一趟，一切不过是一场经历罢了，接受人生的无常，看淡得失。

我并不是在说鸡汤，只是听着这淅沥的雨声，心有所怅，感怀而言。都说有些才华的人都有些古怪，可我有的也只剩古怪了吧！

时间最可怕的地方，不是让人容颜衰老，而是它会消磨掉你所有的雄心壮志，浇灭了你所有的如火热情。当然，它也能淡化一切的委屈不甘和意难平……

那些当初令你彻夜难眠焦灼不安的心绪，那些曾经令你咬牙切齿的愤愤不平，那些令你痛彻心扉的人和事……现如今，莫不是淡淡一笑过后，掩于岁月止于唇齿，最终隐入尘烟了吗？

春风沉醉的夜

2018年2月6日。夜寒星遥。

每到夜里我都会觉得很饿，很饿，然后吃很多很多的东西，接着假装睡觉。空荡荡的心需要胃来填补，却又无法弥补这种缺失的空洞。今晚照样吃了很多，还喝了一瓶我喜欢的风花雪月淡爽啤酒，可是似乎还是没有饱足感，看来我不是要发胖就是要添膘了。

抬起头，看到院里的玉兰开得正好，心中便有些欢喜，初识玉兰，只一眼就爱上了它，不是一眼万年，而是相见欢。

静若清荷尘不染，色如白云美若仙。微风轻拂香四溢，亭亭玉立倚栏杆。

玉兰花形似莲，却有枝可依，悬于枝头，淡然地俯瞰众芳，不出淤泥不近水藻浮萍，不招摇过市，不妖娆浓烈，不与红杏争春，不与鸦鹊闹枝头，和光同尘，与时舒卷。

开花时节没有一片叶子，满树的花儿，开得简单，纯粹而高雅从容，如玉似雪般晶透莹亮，风姿绰约。轻风拂过，一抹暗香若有似无地将我周身包裹，只是淡淡的，浅浅的，轻轻的，如遗

083

世独立，令我词穷，仿若用什么文字都诠释不了它的美，用什么表达方式都是对它的亵渎。对它，我可是发自内心地喜爱呀！

家中这棵玉兰，在我还在读书的时候就已经生长在那里，花开花落，几度寒暑几度春秋，它总是那样优雅地开，恬静地落，不悲不喜，不显山不露水，不喧嚣不张扬，淡定从容，似乎岁月无恙，似乎岁月流光，颇有些"浮云吹作雪，世味煮成茶"的清雅闲适。

难得，在这寒风萧瑟的季节，还有此等风韵的花在静静地开，陪着我默默地写着没有什么人看的公众号。

浮世三千吾爱有三：日、月、它。

日为朝，月为暮。玉兰为朝朝暮暮。

夜未央寂静心事谁知，花开花落谁人共赏？这一场寂寞花事，这一世暗香流年，花期如许，闲看落花流水，不问红尘归途。

来世我愿为玉兰，高洁淡然立于枝头，在春风沉醉的夜，许我向你看。

文后旁白在岁末年终的这一个月里，苍山下雪，坝子里下雨，连日来的阴雨淅沥，气温骤降，冷得令我怀疑人生，怀疑我是不是在大理。我对妈妈说从来没有遇到过这样冷的年，妈妈说她亦是从未遇到过。或许人变了，连这气候也跟着变了吧！

今日立春，终于是见着阳光了！可我依旧在床上蹉

084

跎了半日光阴，一是怕冷，二是身体不适。过年前的一段时间里，我日日醉饮夜夜熬心，总之我成功地在过年的这几天里把自己作病了。作为肉食动物的我，竟然吃不下肉了。这是一件多么忧伤的事情啊！

无心睡眠的我，翻到了这一篇文字，这已是四年前的文字，写就的时间恰好也是四年前的今天，回看一遍，没有改动也不想改动其间任何一个字。我依稀记得，那天夜里，我独自一人在烤火，忽感困倦，于是抬眼向院中望去，一眼便看到了绽放在枝头的玉兰。夜色苍凉，星月如钩，玉兰身披雪色与月色巧妙化作了人间第三种绝色。我有如恋慕她的人儿一般，对她如痴似醉移不开目光，心中一片安然，趁着如微醺般地上头，徐徐写就了这一篇文字。对院中的这一棵玉兰，我是真的极喜啊！

我以为她会一直陪我墨书流年，细看风月直至终了，可是，这只是我以为罢了！去年，她不知何故竟然枝枯叶凋日渐萎谢，妈妈纵是用尽了法子去挽救，也是无力回天——她，终是离我而去了，院子里从此少了一方景致。即便我知晓聚散如云，聚散随缘，聚散如流沙，可我还是在习惯性抬头看她时，把哀叹和眼泪都留在心上。我知道，她也与我一样，舍不得啊！舍不得！恍惚迷离中我看到这样一句话：我许你三世，一世池中鲤，二世玉兰香，三世相见欢……

樱　花

　　近来春暖，我想去看樱花。

　　哈哈，前几天小逸突然不再小清新，不谈风花雪月，不提诗与远方，只说人间烟火，只言红尘俗事。缘此引得许多骂声，当然骂也算是件好事，毕竟从某个角度来说，骂也是一种关注，总好过不闻不问。

　　我写"小逸梦话"的初衷不过是想借此记录一些流年过往，打发一些闲碎光阴，或许还能给自己单调乏味的人生增添几分色彩。小逸并不是专业写手，当然也不靠这个吃饭，因为若是要以此谋生的话，小逸怕是早已去见了花仙子了……

　　然而在这个过程中，小逸竟然收获了大家满满的温暖和关爱，在这个世界上竟然还有人在看我写了什么，竟然还有人喜欢我的文字、关注我的生活，这么温情的故事竟然还能发生在我身上，让小逸受宠若惊的同时也知道了什么是春暖花开。于我而言，你们就是我的春暖花开，因为有你们的存在，才有了"小逸梦话"存在的理由。

　　请原谅我还有一点儿小小的虚荣心，想让更多的人看到小逸的文字，认识小逸这个人，或许你们无法体会我那种自卑又自得的情绪转换，可是我还是要再次感谢你们，感谢你们给予了我坚持的勇气，让我敢于把自己那些幼稚矫情的文字袒露给大家。或许你们觉得我太过敏感了，可是你们要知道其实小逸是个既敏感自卑又孤傲冷静的矛盾体，你们对小逸的这种认同感于小逸而言十分重要！

您的一片冰心，我的今生今世！

小逸向来爱清闲，除了文字可以人烟千嶂里，平素只是静看风景百花中。

迟日江山丽，春风花草香。沐春三月春风里，所有的人和事似乎都温暖起来，北方到了时令自是冰雪消融，寒意退去，而大理作为四季如春的代言人，它的春天自然更是令人欣喜抒怀的。

早听得大理大学的樱花极美，这个周末便同友人一同去赏花，真真便是：若待上林花似锦，出门俱是看花人。大理大学门口竟然找不到停车位，可见游人之多。

大理大学位于苍山脚下，是坡地依山而建，背靠苍山面向洱海，里面大部分建筑也极具白族特色风貌，隐匿于这山水林木之中，显现在樱花深处，确实有一种浑然天成的美，美得大气端庄不失风韵雅致。我认为这些樱花之所以如此讨喜，归根结底都是因为它生长在这样美的环境里，再加上学校特有的人文气息加持，令这原本平庸的樱花顿时有了灵性，有了内涵。这里的樱花虽艳极却不妖娆风尘，虽花团锦簇却不喧嚣聒噪，确实值得一观，确实不虚此行！

只是我心中有些隐隐的担忧，怕这种静谧的时光不再长久，怕媒体的炒作令这清丽自然的美失去了原本的面目，再不复初见时的那般拙朴，那般令人怦然心动。这让一直生长在这里的我有些无所适从，又有些淡淡的嫌恶。

其中最为典型的莫过于媒体热炒的寂照庵了。曾经的寂照庵不过是一个清僻的尼姑庵，这庵名取得甚是妥帖而有余韵，而如今的寂照庵似乎有些配不上这个名字了，现在的它哪里还有一丝安之若素的淡然，哪里还有一丝出尘逸世的色彩。

如今的寂照庵成了旅游网红打卡地标，就连旅游淡季都挤满了摆拍的游客，时而拈花一笑，时而闭目沉思，时而裙裾飘飘……哪怕被挤得只能脚尖着地也要露出最美的笑容，为的就是拍完立马发朋友圈、微博，并配上"一花一世界，一叶一菩提"之类的文字，昭显着自己的诗和远方。或许是我不喜自拍的缘故，我总是觉得这些行为像极了以前人们的"某某某到此一游"。

当然啦，寂照庵我也是经常去的，只不过我却是把这个行程当作锻炼身体，车停到山脚的停车场，一路优哉游哉徒步到达寂照庵，然后吃一大碗素饭，有时会是两碗。别笑我，我确实是肚子饿了！而且我觉得这素饭是有些贵了，这也正常，旅游区的东西都是比别处要贵一些的……

庵里的建筑都被改造得像极了洱海边的民宿，老旧的门窗被拆掉，转而装上了落地大玻璃，院落中摆满了多肉植物。

其实不得不承认打造这一切的设计师确实有着不错的审美，每一个角落都被精心雕琢过，打造得似乎很和谐，很有禅意，可是这貌似原生态的布局，却又过分精致，处处都留有一种刻意的修饰，在这深山之中美则美矣，却不单单是清净之地了。

这种网红地的造就是得是失，各持所见吧！寂照庵不再寂照，但愿大理大学的樱花能一直美好如初，但愿一切都是我们原本该有的模样。

今天总算出过门了，看过了大理大学的樱花风景。天仍然是蓝色的，云仍然是白色的，樱花仍然是粉色的，而我的心情仍旧是没有颜色的。

蓝天白云的日子里，错过了太多风花雪月的时辰。我把大理大学的樱花，当作春风沉醉的影子。顺变应时一直是我的短板。一直对风景的变化不知所措，一直在风景的旁边闲走，一直学不会融入时时变化的风景，只是傻傻地学会了叹息！

于是，害怕风景不易的宁静，也害怕风景变易的璀璨。樱花未开的时候，走过樱花树，我看到了风过无声樱树沉睡的寂照；樱花绽放的季节，满目樱花雨，樱花可曾看到我穿过人群寂寞的容颜？

看过了这次大理大学的樱花，樱花又长了一岁，我也又长了一岁。

文后旁白　此文已是三年多以前写的了，现如今什么都在变。原本寂照庵门口开了一间小超市方便游客买些矿泉水面包之类，如今寂照庵里面开起了咖啡店，卖起了鲜花饼和手工皂。咖啡的价格跟星巴克有得一比，其余的东西不做评价，因为没有尝试过。今年，直到现在为止我一次都没有再去过，因为我总是在睡梦中揪扯着那些回不去的美好时光。

皮囊与灵魂

2018 年 2 月 4 日。立春。诸事大吉！当然这是小逸看的皇历，姑且听之信之，倒也无妨。

看到这样一句话："向少年卖希望，向女人卖青春，向男人卖壮阳，向老人卖健康，向中产阶级兜售焦虑。"找准了方向，无往不利。与其说是找准了方向，不如说是找到了痛点。

女人的青春，总是那么短暂，所以较之于男人，时间对于女人来说更为残酷。特别是漂亮的女人，因为曾经拥有过美丽的皮囊，在失去青春的过程中更会有着强于常人的痛苦与执念，想不惜一切地留住青春，所以才会催生出现在欣欣向荣的美容事业。

对于这个我表示十分理解，也不会认为这些人是浅薄的。相反，我认为美丽的皮囊与有趣的灵魂二者并不矛盾，也不对立，我也想两者兼而有之。

美丽的皮囊千篇一律易老。相信大部分女人跟我的想法也是一致的，只是脸皮没有我厚，不好意思这样说罢了。

年少的时候，我有如每一个怀春的少女一般，有着一个粉色的少女梦，想着遇到的男子温润如玉是个翩翩公子，所谓"陌上人如玉，公子世无双"。抑或是遇到童话里的王子，一起过着童话般的生活……

有趣的灵魂百里挑一嫁了。都说了是梦，那当然就只是我一厢情愿的少女梦而已。

生活一如既往地平淡，岁月似乎波澜不惊。时至今日，我的梦也一直未醒，常常喜欢看仙侠故事，把自己代入其中的某一个角色，或哭或笑，疯疯癫癫，独自苦恼或欢愉。

常常听古风歌曲，执着地喜欢同一类型的曲子、词调，不曾改变亦不愿改变。

这种颇为怀旧的情怀也贯穿了我的日常生活，喜欢吃酸甜味的东西，喜欢同一款式不同颜色的衣服，喜欢同样的酒，喜欢……

任世事变迁，沧海桑田，任你历尽世间风霜，任你尝尽人生百味，也希望你如小逸一般，还有一个梦，梦里是故乡。

老村长

人活一世，草木一秋，其实很多东西我们都是留不住的，都是过眼云烟，金钱、权力、名誉、地位、爱情……天下熙熙，皆为利来；天下攘攘，皆为利往。可是人生不过百年而已，百年过后我们每个人莫不是一抔黄土，某些人整天蝇营狗苟、追名逐利，何其可笑！

今天跟朋友吃饭，听一个老村长讲述了自己的一些事情，我才知道其实每一个人都有自己难以言说的悲苦，貌似放荡不羁的外表下或许藏着一颗敏感脆弱的心……

老村长说自己的儿子高大英俊、相貌堂堂，在二十八岁那年，吃了头孢后饮酒，到医院抢救无效身亡，丢下一个女儿。前段时间结发妻子生病入院，自己走着去做造影检查，检查过后在医院病床上，不到二十四小时就突然过世了……

我不知道他是如何熬过这丧子丧妻之痛的。我也无法想象如果换作是我，我该如何活下去？可是他却想开了，通达了。

他说："我不识一字走到今天，是个粗人，我只想过好现在的每一天，至于以后谁能知道是个什么样子。"

我知道他其实是经历了人间至苦至悲，转而通达圆融了，他想说的是"活在当下，珍惜眼前人"。

　　今日席间我并未饮酒，却是思绪万千，或许一切皆有缘法，一切所遇之人皆是来渡我之人吧！

我在立春遭遇寒冬

2018 年 2 月 4 日。立春。

向来喜欢随心随性地生活，做事，写字……不喜欢被约束，可是我们终究是普通人，需要面对一切普通人，需要面对人间烟火。所以，很多时候网络上的我们，跟现实生活中的我们似乎对不上号，但是我一直认为，网上的这个我，才是真正的本我，肆意地做自己想做的事，说自己想说的话，不曾也不需要有丝毫掩饰，那是真正的惬意啊！

我有一个群，群里有可爱的你们；我的生活很简单，我的生活很无聊，还好我有个群，可以安放我那无处安放的灵魂。

在群里我可以胡说八道，可以卖弄自己浅薄的认知，可以贴自己的自拍，可以静静地看你们神聊，看你们斗嘴……

还好有你们，还好你们都在，承蒙不弃，心中甚是感激。

你们对我说你们有酒，我有故事。我说，若是有机缘，我愿意在春暖花开、四季如春的小城等你们，等你们把酒言欢，等你们一起静静发呆。

有了一个公众号，写一些莫名其妙的文字，没有什么干货，全是口水废话，还好你们不嫌弃，一直在鼓励我、支持我，此时虽是寒冬腊月，我还是感受到了来自未曾谋面的你们的温暖。

我们没有办法增加生命的长度，但是我们可以拓宽生命的宽度。人生就像一趟单程列车，有去无回，你我都是彼此生命中的过客，来来往往，熙熙攘攘。一切终将归于尘土，归于寂然，灵魂去向何处，我也不曾知晓。

我只知道，在这个过程当中能一直陪伴自己的，只有自己的灵魂。灵魂是孤独的，所以我们才会不断寻找灵魂伴侣，可是真的有灵魂伴侣吗？不同的人有不同的答案，谁知道呢？也许只有自己才能知晓吧！

都说最接地气的方法就是去趟菜市场买菜，到那里，当你看到人们为了生存付出的艰辛，你所有的矫情都会碎成一地。

是的，我是太过矫情了，我就该天天去买菜的。

可是我想说的是，人生除了生死，其余都不算大事。

看着身边熟悉的人突然之间就静静地躺在那里，后天就要被抬上山埋在泥土之中，再也见不到了，可是那人的话语却犹在耳畔，那人的容貌还历历在目啊！

故去的人不知道能不能听到亲人撕心裂肺的哭号与呼唤，可是我却感到了浓浓的忧伤。死者已矣，生活还要继续，不是吗？活着的人幸福地活下去，就是对死者最好的告慰。面对人生，面对生命，我似乎又看到了一些不同的东西。

苍山不墨千秋画，谁在我的梦乡歌唱？

洱海无弦万古琴，我在谁的梦里呢喃？

天色微明时分，等下就要立春了，期待春暖花开，期待流年顺安。

梦念三月街

一

我不知道，梦中的相逢算不算真爱。

去年的此时，我有点儿神经。常常整夜整夜不睡觉，在一个微信群里守群，聊风花雪月，撩知性女生，怼各路神仙，踢国学大师。

那时候每天累得不要命，又开心得要命，每天捧着个手机傻乐，妈妈说我疯了。有没有疯自己看不出来，但是每天生活没有节奏，还要半夜准时消夜，胖了很多，一照镜子就看得出来。终于有一天，我决定睡个美容觉。

就是那天下午，在沉沉的梦的底层，我邂逅了一个模糊的身影。

二

记得那天白天，群里有个人开聊武大的樱花，听了一大堆一百多年前的浪漫爱情故事。梦里，我似乎赶着风潮去大理大学赏了一回樱花。

梦里的世界总是特别璀璨。梦里的大理大学有着宛若仙境的樱花秘境，梦里的三月游人如织，其实在心里是有些厌恶这种嘈杂与喧嚣的，以至于我当时对那花团锦簇、扎堆竞放的花儿都有了些许偏见，甚至有些矫情地标榜着自己与众不同的浅薄。

反正梦里不需要矫情，梦里的自己坦坦荡荡地展现小家子气，真是令自己感到臊得慌！正当我在人潮中诗兴大发喃喃自语"忽如一夜春风来"时，背后一个声音说："那是说梨花的。"我一转身，看见了他。

梦中的男子身形瘦弱，戴一副黑框眼镜，一看就是那种超爱读书的呆子。反正是梦中，我决定和他搭话："哪有什么咏樱花的古诗词？"

"中国当然有樱花诗啦！"书呆子笑了。他笑起来是鼻子先皱，嘴角慢慢裂开的那种，小眼睛似乎有一种奇异的光芒，真好看。他开始喋喋不休地背诗。我光顾看颜值，忘了听内容。呀！他的声音更好听，有点儿低沉，很磁的那种——那也是我喜欢的类型呢。

也许梦里可以选择快进，仿佛呆子和我自来熟，陪着我在人海和花海的缝隙里逛。他说他就是武大的教师，陪同赏花义不容辞。

我说我是大理的，今天在大理看樱花，理当小女子相陪，不过大理的三月街更好玩，回头我带你去。他说好呀好呀，你说过的带我去三月街，可不许反悔。我的脸唰地通红，悄悄白了他一眼：他知不知道白族金花带小伙子逛三月三意味着什么？

不过看来他是不知道三月街的内涵。紧接着他就邀请我去武汉看樱花。接下来我们开始在樱花丛中游逛，他按我的无理要求，像个复读机似的在我耳边不停地背樱花诗。

他念李白的"别来几春未还家，玉窗五见樱桃花"，念白居易的"小园新种红樱树，闲绕花行便当游"，念李煜的"樱花落尽阶前月，象床愁倚薰笼"，念张籍的"昨日南园新雨后，樱桃花发旧枝柯"和"莫说樱桃花已发，今年不作看花人"，念李商隐的"何处哀筝随急管，樱花永巷垂杨岸"……

三

梦里的风儿特别温柔，梦里的樱花特别妩媚。我俩慢慢走着，都没发觉已经渐渐地离开了人群的旋涡。他忘记了背诗，陪我静静地走，而我也假装忘记放开在人潮拥挤时拉住的他的手。

或许是太安静了，我们终于躲不开地对视了一眼。我觉得我的脸开始不争气地红了起来，又舍不得放手，就急急摇着他的手说："怎么不念诗啦？"他说："那你还要听谁的樱花诗？"

天哪！难为此前我根本不知道世上还有樱花诗。难道这个世界上谁都写过樱花诗？我忽然有点儿促狭，想要难为一下这位神奇的"樱花诗大辞典"："那，你给我念一首，嗯，周总理的樱花诗！"这下你总该傻眼了吧！

没想到他清清嗓子，居然念了起来："周总理写过一首五言绝句，里面提到过樱花，题目叫《春日偶成》：樱花红陌上，柳叶绿池边。燕子声声里，相思又一年。"

这下轮到我傻眼啦!

后来的情节有点儿模糊了。反正就是在樱花树下听他吟诵樱花诗:用日语念纪贯之作品,用德语念霍普特曼作品,用西班牙语念洛尔迦作品……他甚至还用梵语和藏语分别念了苏曼殊两首樱花诗:"十日樱花作意开,绕花岂惜日千回"和"芒鞋破钵无人识,踏过樱花第几桥"。然后还一本正经地和我说了梵语和藏语的不同。

我看着他,一直不说话。他也不再说话了。我们就这么互相看了一会儿。我觉得这个剧情好像有点儿太琼瑶了,扑哧一声笑了。好像这时他也正和我说了一句什么,我正在笑,没听清,赶紧问:"说什么了?"

"我该走了。"

"啊?!"

"这是梦里,我该走了。"

"哦……"

我问:"那我们还见吗?"

他说:"明年春天请到武汉来,我请你看真正的武大樱花。"

我说:"我来!"

他说:"我等!"

他微笑了一下说:"其实我知道三月街的……"话未说完,忽然之间,周围的一切像旋涡一样流转起来,他在我面前眼看着慢慢淡了下去。我抓着他的手,也感觉得到他的手在慢慢融化似的。在他的影子最后消失前,我几乎是喊着说:"你等我,我会到武大来找你的……"

我把自己喊醒了！

四

怔怔地坐起靠在床上。我一点点地回过神来，黄昏的慵懒空气开始无比真实地包裹着我的梦醒。可是，可是……我连他的名字和电话号码，都没来得及要呢。

真有趣，两个梦中的人居然约了在现实中相见，搞得好像真的一样。我一边傻笑着想着这事，一边抹了抹脸，脸上挂着不知何时流出的泪。

趁着刚刚醒来尚未失忆，我把这个梦仔仔细细地记录了下来。连那些梦中他念过的诗句，我也断断续续地尽量想起一些，记下一些。查了百度，这些诗还真都是有的。

这让我觉得太神奇了。此前的我，可是的的确确并不知道世上有那么多的樱花诗。这真的是在梦里、一个梦中的男子念给我的诗！那么，这个梦，这个梦中的人，是不是也是真实存在，客串到了我的梦里？

我的心，想着想着开始狂跳。

五

此后这一年，我像个资深瘾君子般不能自拔，无可救药地爱上了睡觉。我每天早上起床，为一夜无梦而遗憾，找到一点儿空暇时间，又抓紧睡个午觉。每天的下午，我总想睡到黄昏……我成了一个瞌睡宝宝，不在梦乡，就在去梦乡的路上。

这一年里，我还做过无数个梦，有的甚至更加离奇。"小逸梦话"也越写越多，我甚至开始恶狠狠地写鬼故事。可是，梦中的他，再也不曾出现。

人们说，网络上的相识往往不明真相，我知道睡梦中的暗恋更加不靠谱到荒诞。这正是"悠悠生死别经年，魂魄不曾来入梦"。看来，只有等到春暖花开，承载梦的风舟，和他相聚在樱花树下了。既然是许下了诺言，没实现怎能就作罢！

我不知道漫长的梦，是不是可以兑现；我不知道梦中的人，是不是可以重逢；我不知道梦醒之后，是不是还有再续；我不知道梦中的他，是不是真切的爱。

六

今年春早，武汉大疫。

"去年今日此门中，人面桃花相映红。人面不知何处去，桃花依旧笑春风。"忽而想起了这首诗，自是不禁唏嘘，心中百味陈杂，如今的这般光景只是把桃花换作了樱花而已啊！今年，我缺席了大理大学的樱花；今年，我遗失了一个春天；今年，我错过了一个梦中人……这个季节，武汉的樱花自然是无可奈何。好在武汉的樱花错过了，大理也有烂漫的樱花。而且大理不仅仅只有樱花，还有著名的"三月街"。在那个梦的尾声里，他微笑着说其实他知道三月街的……

我去不了武汉看樱花，你可会来大理赶三月三？

你知道吗？我早早就理好了头帕、上衣、领褂、围腰（围裙）、宽筒长裤、飘带、花头巾和白缨穗，我还笨手笨脚地自己做了一双绣花"百节鞋"。我都准备好了，我会到三月街。

我会戴上"风、花、雪、月"的金花头饰，上关花、下关风、苍山雪、洱海月，我要做三月街的人海茫茫里，最美的一朵金花，好让你很容易就可以找到我。你一定要来找我！

白族金花都很美很真心很单纯，而我是当中最美最好也最傻的一个：你若找得到我，我就嫁给你吧！

七

二月末三月初开始，天气渐渐回暖。今年的大理，气候宜人得不像话，风里都含着一丝丝甜味。这是一个多么适合办"三月街"的季节呀！

从二月底起，也许是日有所思夜有所梦，我就经常梦见自己赶"三月街"。

三月街是一个有着千年历史的民族传统盛会。相传南诏细奴罗时，观音于农历三月十五到大理传授佛经，并制服了魔王罗刹。因此，每年到农历三月十五，信徒们便搭棚礼拜诵经，并以"素菜祭之"，同时一些商人趁此机会来出售农副产品以及当地产的药材，就形成了一年一度的从为期七天的定期集市，传为观音街，延续至今。

三月街的传说和故事都是基于人们美好的想象而产生的，其实"三月街"真正起源时间不详。南诏归唐后大理佛教盛行，在白族聚居的大理，与观音有关的传说很多，"三月街"的古称为"观音街"，也叫"大理三月会"，如今又叫"三月民族节"，是白族盛大的节日和街期。

从小时候起，"三月街"对我来说就是一场人间盛会，就是我们的美食游乐嘉年华，就是可以拿一张百元大钞买一大堆稀奇玩意儿的集会……"三月街"于我而言并不是一个官方定下的节日，不是一场普通的物资交易会，不是单纯的对歌赛马，更不是一种对游客的表演，她是我儿时的快乐源泉之一，她是我对世俗最宽泛最单纯的理解，她是我刻入骨血的世代相传和生生不息……

在这里，我更愿意用"她"而不是"它"，因为最深沉最质朴的爱，都有一种母性的包容与无私，这种根植于骨子里的情感，令我只能用这个"她"，大象无形，大音希声，大道至简，既然贯穿了整个生命的脉络，那也就无须华丽的词藻来附和。

对于自己的故土，对于自己的家乡，我们都有着一种与生俱来的深沉而厚重的大爱，相信这是白族人心中共有的一种信仰吧。

白族人心目中的"三月街"并不仅仅只是一个集会，"三月街"的"街"读"gai"，这个音的第一声，在古语中就是"该"字的音，还有"聚集"的意思，三月街就是指三月该聚会了。她是一种传承的信仰与力量！

1991年起，三月街民族节被确定为大理白族自治州各族人民的法定节日，文体经贸"同台唱戏"，热闹非凡。2008年6月7日，大理三月街经国务院批准被列入第二批国家级非物质文化遗产名录。

"一街赶千年，千年赶一街。"每个白族人心中都有一个"三月街"！自唐朝到现在，大理"三月街"千年不衰。一千五百多年来，从来没有中断。幸好，"三月街"从未中断，盼望"三月街"永不中断！

在三月街，我会遇上他……

八

三天前，看到了一个官方通告，内容是暂停三月街的一切聚集活动。今年的"三月街"没有了。

"三月街"没有了，"三月街"没有了！一千五百多年没有中断过的"三月街"，今年，没有了！

梦呀，终究是一场难圆的梦……

我不知道，梦中的相逢算不算真爱。

苍山洱海间，大理总是令人遐想万千，关于浪漫，关于风花雪月，关于诗和远方，关于武侠奇缘，关于浪迹天涯……其实我想说的并不是这个节日，我更想袒露的是节日外衣下的那颗赤子之心，那份流淌于血脉中的至真之情，那是一种传承的信仰！来年，待到春花烂漫时，他在丛中笑……

文后旁白

写此篇文章时，时逢病毒肆虐，"三月街"停办了，不知道以后会是怎样的光景。犹记得每到那个时节，那一段路都会很堵，停车场更像沙丁鱼罐头一般拥挤。我会把车停很远很远，步行一个小时，拥入人潮中去吃一碗豆粉，再花两个小时等待一盘黄焖鸡……其实这些东西平素里并不稀奇，因为人多品质也直线下降，甚至味道都有些不好。可是我就是愿意花费一天的时间，在那些嘈杂的小摊前流连驻足。这是一种情怀，也是一种心境。

把时间用于喜欢的人或事物上，那就不叫浪费，而是一种享受。对喜欢的人我们总是不忙，哪怕真的很忙也会拼命挤出时间来听或说一些没有营养的废话，并且发自内心地感到欢喜。可是对不喜欢的人或事物，我们总是很忙，哪怕我们已经闲得把昨晚吃了什么回忆了一百遍！

白族人对于"三月街"的这种质朴之情，并不是每个人都能理解的。现如今每次开车路过三月街那个牌坊的时候，我总是会放慢速度，缓缓而行，如果时间充裕，我甚至会绕里面一圈。人生因爱而梦，因不爱而逐梦，爱生梦境，实景如梦。希望来年能与你们在"三月街"相遇……最后借逸庐先生为我所题小诗一首作为结语。

西南有佳人，雅致异凡俗。
层层围珠玑，团团锦绣簇。
堪并桃李颜，争向樱花逐。
梦如萼绿华，伶俜步芳躅。
雾绡曳轻裾，神光乍离合。
今年花更繁，照海明朝旭。
错失三月街，谁和蓬山曲。
千里泛仙槎，弱水茫茫绿。

几点疏星映朱户

今日此文，是一篇午夜漫谈。

仲夏夜美若琼瑶。这样的季节，都该是用来入梦、做梦、梦话蝶舞、梦游天姥的吧。有时候夏夜入诗，不由得清凉如水；有时候夏夜散淡，不由得迷蒙如云；有时候夏夜离骚，不由得忧伤如风。

　　睡轻时闻，晚鹊噪庭树。又说今夕天津，西畔重欢遇。蛛丝暗锁红楼，燕子穿帘处。天上、未比人间更情苦。

　　秋鬓改，妒月姝、长眉妩。过雨西风，数叶井梧愁舞。梦入蓝桥，几点疏星映朱户。泪湿沙边凝伫。

夏夜款段有期，夏夜萧翼兰亭；夏夜周盈神微，夏夜晓领妖娆。夏夜郁郁苍苍，藏了一百万个李商隐的化境分身；夏夜如是我闻，染了一千万首如梦令的描红底色。

其实，夏夜如许美丽，实在不该写议论文。

106

可我还是犯了独白瘾，趁此写了点儿感想。

现在的人戾气太重了，动不动就用"怼"这个字。就连媒体似乎也以用"怼"字为时尚，似乎任何事，不用"怒怼"就不足以彰显其豪横的气势一般。"怼天""怼地""怼万物"，似乎无"怼"不潮流，无"怼"不成聊。

可是我却对这个"怼"字有了厌恶之感，我看到这个字，便生出一种感觉，似乎看到暴发户土味十足的扬眉吐气的嘴脸，丝毫没有看到文字该有的沉稳厚重和婉约灵动。哎！这真是一种文字的悲哀！

我不是鲁迅，我只是小逸，这些并不是我该说的话。我还是回到我的梦中去吧！扯一片云霞织一些散碎而凄清的梦，与梦中人说些隐隐的心事，静静地熬过这艰难的岁月……

朋友说我的文字似乎都很雷同。"雷同"？好像是的。确实如此！似乎都是一些小情小调小悲欢，其基调总是带着些许凄婉寒凉。也常常有人会告诉我要乐观，要让生活充满阳光……

我想，对我说这些话的人，大致都是心宽爽朗之人。

其实我也很羡慕这样的人：早睡早起作息规律，健康养生侃侃而谈，热爱祖国欢笑常随……而我在他们眼里总是郁郁寡欢的，总是怯生生的。

是的，我写文字并没有什么章法与套路，总是笔随情至，至真至简。与其说我写的文字是小情小调的感悟，不如说是另一种流年岁月的记录。我无法改变自己的性格和习惯，我也自然无法改变行文的感伤。

我喜欢在凌晨时分，泡一杯浓茶，打开一罐吮指红烧味的油炸土豆片，边吃边写，写一些呓语，有时沉湎其中，也会任由泪水随着情绪肆意流淌。

我喜欢在早晨十点钟睡一个昏天黑地的回笼觉，最好还是下雨天。像个调皮的小女巫，穿着花布大摆裙子在洱海边散步，以旁观者的视角去观察众生百态。

我喜欢现在的自己，在力所能及的范围内肆意而为，在枯乏的生命里保有些许稚子之心。

或许这样的"雷同"只能继续了，但我知道，我无法取悦所有人，也无须取悦所有人，喜欢我的自会一如既往地喜欢我；不喜欢我的，我也无须去取悦，也无力取悦。

"感觉"这种东西是颇为玄妙的，个人喜好也与成长背景、文化教养、生活经历密不可分。所以，我无须刻意取悦别人，我知道，我正在成为我自己！很多人只看到了我的温和，却不知道我有多执拗、多倔强；很多人只看到了我的和善，却不知道我有多勇敢、多决绝；很多人只看到了我的冷淡，却不知道我有多热情多良善。

"路遥知马力，日久见人心"，这句话很古老，也很在理。人生路漫漫，小逸感谢你的陪伴，小逸会永远如你初见的小逸。

莫再回首

近日，我的记忆和思绪似乎有些复苏了。

我已经沉寂很久很久了。在我沉寂的这段时间，夜里我彻夜无法入睡，白日里怕光怕吵闹怕见人，像极了电影里的吸血鬼。

唯一不同的是吸血鬼吸的是别人的血，而我却像要耗干自己的心血一般失魂落魄。我不停地遗忘，想要饮下一碗现世的孟婆汤，想要忘掉曾经痴缠的红尘过往，想要忘掉历经的雨雪风霜，想要忘掉最美的朝露与夕阳……

如我所愿，我也真的失忆了，大脑总是处于停滞状态，一片空白……或许这是人体的一种自我保护机制吧！

有些莫名其妙的情愫总是在不经意间袭来，令人难以承接。刹那间便如转换了四季，被偷走了暖阳。

总在我以为一切如风过耳的瞬间，那种恹恹郁郁的悲怆又瞬间将我层层包裹。那就随它吧，我也只能随它了！

当有一天你去寻找灵魂，就会产生孤独。那种孤独在热闹中突然从内心爆发，在孤独中消亡；那种孤独告诉你，人生苦短；

那种孤独告诉你，你要做喜欢的未竟事业；那种孤独告诉你，没有人知道你，哪怕你自己也不知道；那种孤独静静地蚀骨……

很久不敢打开电脑，不敢写下只言片语。可是情绪的流淌却又由不得自己，只能在日记本上手写些前言不搭后语的散句，以期消泄我伤春悲秋的情绪，以期稍抚我混沌脆弱的元灵……

刚才电脑又闪退了，我还是一样没有保存，只留下了以上的文字，以下的文字或许又要与之前的行文之感大为迥异了。顺其自然吧，其实只能如此罢了。

在说了许多莫名其妙的话之后，我还是回到题目"再回首"吧！别猜，我要说的"再回首"不是那首老歌，也不是一个百转千回的故事。

我要说的"再回首"其实是位于大理古城的一家老字号小吃店，主营凉鸡米线，兼卖卤鸡爪、卤鸡胃、卤鸡皮、凉虾（一种白族传统消暑甜品）……

前几日我和一个姐姐到古城闲逛，我最近喜欢上了古城里那种棉麻的衣服，随意，舒适，内敛……有许多人说这种衣服跟我的气质很搭，于是我在古城又买了几身新衣裳。

我有一个习惯，对于特别中意的东西，买了之后就会马上穿戴上，似乎不这样迫不及待、明目张胆地展示，不足以表达我对这些东西的偏爱。又或许，我对人或物都是一样的吧！

于是我把旧衣服打包，穿着新买的衣服，想象着自己是一个衣袂飘飘的小仙女，当然或许在别人眼里我就是一头白色的熊。

我漫步于大理古城，踩着青石板，看着过往的行人，感觉自己跟古城的氛围还是很一致的，心中竟然划过一道亮光。

兴之所至，想要回味一下儿时的味道，就冲着"再回首"这家老店走去，两个人要了两碗米线和一些卤菜，听姐姐说着一些琐碎家常。

听她说"再回首"已经开了很多分店，她上次吃也是几年前了。而我更是十年不曾到过这家店了，每每路过总是回望一下，不曾驻足。

米线入口的那一瞬间，我便失去了所有的兴致，这味道果然是变了！那么多年我都不曾再吃过一次，也早已耳闻许多有关它的故事，有惊艳，有失望……

那么我为什么还要亲自去戳破这一层最初的美感，让一切停留在脑海的美好记忆瞬间烟消云散呢？

我也不知道自己为什么要这样做，或许只有如此，才能断绝自己的一切幻想，让自己清楚地面对现实。

我其实也是有些后悔的。若那天只是回望，不去品尝，那么我心中最好吃的米线还是它，最想念的味道也还是它。

走过千山万水，行过江河湖海，我们都已经不复最初的模样，岂能强求"再回首"也一如当初那个味道！我能做的只是恪守初心罢了。

时光荏苒，最不公平的就是时间，它让英雄垂老，它让美人迟暮！最公平的也是时间，它让一切虚妄的繁华归于尘土，它让所有是非恩怨烟消云散。

有人说时间能让人忘记一切伤痛，其实是治愈伤痛的药藏在时间里啊！这是一个流行离去的世界，而我们都不擅长告别，可是又不得不面对一切的无可奈何。

在那些黑色和白色的梦里，不再有蓝色和紫色的记忆。在这个相聚又分手的年纪，总有些雨打又风吹的痕迹……

"再回首"，莫再回首！

老了吗？

昨日立冬，衣着虽与平日无异，但这风却像在冰箱里待了一夜似的，透过毛衣，刺入肌肤，尤其凛冽。

我打了一个寒战，终是乖乖地回家换了一身厚实的衣服，若是从前，这样的情形定是不会出现的，因为"只要风度不要温度"的我，哪怕被冻得全身哆嗦着打着喷嚏，还是会强撑着说自己并未觉着有多冷。

可是现如今，我恐怕是老了，至少是心老了，人也变得越发畏寒萎靡。

我总是认为，一个人不再怀有浪漫和诗意，才是真正衰老的开始，而我虽然嘴上一直说自己老了，可是心里却一直憋着一股劲儿。我也不知道那究竟是什么，只是隐约地感觉到我应该如此。

很庆幸，或许是性格使然，某种镌刻入灵魂的东西一直在指引着我，以至于我即便颓丧也能自洽。

在没有写长文的日子里，我时常会写些小文案、小短句，并非有什么目的，仅仅是本能而已。所以，时至今日，我还能保有些许浪漫和天真的情愫。我自觉，这是可贵的，也是难得的。所以，就想把一些过往所写的小文案与你们分享。

　　当然，我或许很平静，但并不是宁静，这一点我一直都是明白的。

　　我没办法把我的经历像放电影一样给你看，所以，你不懂我，我不怪你……

你对我说

惯于悲春伤秋，时常惆怅感怀，并非我刻意矫揉造作，也并非我想沉湎于林黛玉式的悲情愁苦中。其实很多时候我总是会把那些喧闹嘈杂的喜庆，拉扯成缄默与叹息……

大浪淘沙去伪存真，因缘际会，许多人在我生命中如匆匆过客，雁过无痕，水过无声。有的人如鸿雁踏雪、石刻有痕，在我的生命中留下足迹。而我在乎的人越来越少，分量却越来越重，是不是每个人与生命中重要的人到最后都要站在生死两岸？有些事明明知道结果却还是无法接受现实，企望神迹能够出现。生如朝露，去日苦多，旧梦残梦终是梦魇，我无力亦无法挣脱，只能在梦里穿梭沉沦，如若一切都可以回到原点，我会不会选择不再做梦呢？我不知道，或许，人生之路怎么走都是遗憾，怎么走都会觉得是错啊！

冬去春来，院中的海棠又似雪挂枝，风吹瓣落，似舞似幻缥缈晶莹。看着满树的海棠，如雪似冰清雅淡洁，疏疏篱落铺满青石板，心中又是无尽唏嘘，此去经年，已是物是人非，欲语泪先流。

你对我说："天大的事，总有个解法，且随它去。再急的事总能过去，且放一放。"

你对我说："你性子急，最怕你遇事想不开，其实没有人比自己重要，哪怕是至亲至爱的人。"

你对我说："有的人身无长物一贫如洗也照样每天开怀大笑，照样吃得香睡得安，人生苦短，能吃能睡皆是福气。"

你对我说："太刚易折，如水则韧。"

你对我说："你写的东西有些消极阴郁了，其实境随心转，你可以换个视角换个写法。"

你对我说："狗还是送到山园里吧，你拉不住它，难免日后闯祸。"

你对我说："明年木瓜熟了，要给我们泡一些木瓜酒。"

你对我说："你院子里的海棠和石榴都长得有些张牙舞爪了，等你休养好些，有力气了再来帮着修剪。"

你问我："你今年几岁了？你要好好地……"

你还有说不完的话，你还有许多事要做，你只是有些乏了，你只是张了张嘴，你什么都没有说，我却什么都明白……

碎碎念

不知道今天是几号，一直过着这样迷糊的岁月，不知今夕何夕可以是快乐沉醉，也可以是漠然地随波逐流，更可以是假装忘却……

过了十五，吃了元宵，这个年算是圆满地过完了，小时候最喜过年，掰着手指头盼望着过年穿新衣，要压岁钱，恨不得大年三十晚上就把妈妈为我准备好的新衣服穿上过夜。是的，有一次我就真这么干了，晚上睡觉时偷偷地把过年的新衣穿上，钻进被窝一动不动到天明，没有人发现，自己却做了一夜的美梦。

要来的压岁钱，多数是要被收缴的，只有很少一部分能够自己支配，但是这一小部分的余钱足以令当时的我欢天喜地了，那时的快乐很简单，可以是一块糖，一个冰激凌，一个发卡，一本小人书……很小的心愿被大大地满足，这种快乐与满足在过年的这几天被集中地释放出来，可见那时的我多么喜欢过年。

现如今天天都可以穿新衣，也许得到得过于容易，内心就不会有任何期盼了，也许我想要的再也不是那一块巧克力了。随着年纪日渐增长的欲望，即使被满足后还是会越觉得空虚，也就越难以满足，也许欲壑难填说的就是如此吧！

虽然喜欢与家人亲戚团聚，可是我这个年却真的是越过越累了，即使我什么也不做，光是吃吃喝喝竟然会把我累病了。我也不知道是为什么，每天都像挣命一样，每天都觉得脸肿眼睛睁不开，头昏昏沉沉地痛着，从初一到十五一直持续着这样的状态，吃什么药都不管用。没有想到在我喝了两天的云南本土咖啡后，这病居然不药而愈。

咖啡是我去看兰展时在展会上买的云南小粒速溶咖啡，说实话并不十分好喝，可是为了贪买三送一的便宜，我买了六盒，所以我得咬着牙喝完它。而它效果令我感到有些惊喜——居然治好了我的病，虽然我得的有可能是懒病，至少我又开始继续碎碎念了，不是吗？

打开"小逸的客厅"微信群，发现群里很多人都换了头像，有的甚至换了名字，乍一看竟有些不知所措，这种熟悉而又疏离、陌生而又遥远的感觉令我突然间有些无所适从，也许新的一年大家都想有些改变吧！网络是个好东西，那些熟悉的、不熟悉的人突然间变成了随时可以聊天的人。我亦不必言语，只需打字就行，很多人看了我的文字后都在猜测：这个会写字的女子，容貌究竟如何？听到这些言辞，我只能一笑而过，但坚决不承认我是女作家、女诗人。

还有很多人和我一样，还是一直用着原来的头像，可是似乎又有些不一样了：可爱的女孩蛋蛋也有了和我一样的烦恼，比如吃不吃夜宵、怎么减肥；开心果依旧运动并快乐着，哑樵也真的人如其名，哑然不语了；幽梦不知何处去，素简难得几回见，一看车前草还是令我立马想到马前卒；小螃蟹依旧挥舞着蟹螯似乎在说"双兔傍地走，安能辨我是雄雌"；逸庐说自己站成了一棵树，没准还是一棵橡树呢……

还有很多人很多事，也许别人是我字里行间的故事主角，而我亦是别人口中的故事吧！平淡而又真实，质朴而又缥缈，若是你们想听，我有故事，你们有酒，喝了也不告诉你们，除非醉得厉害。

大理三月好风光，我在蝴蝶泉边等你来。

又见七夕

一 夜未眠：又见七夕

又逢七夕，今夕何夕？

混沌杂乱了许多时日，夜晚安睡的时刻于我变成了一种煎熬。每个夜不成寐的寥落时分，心是无法平静的，于是就会翻坐起来，听一些恐怖故事，听一些不知名的曲子，听一些无聊至极的笑话……

其实只是想有个声音而已，无论它是什么，于我而言并不重要，只要有个声响，这就够了。今夜，这一首歌莫名在我耳畔响起，勾起我心中一些说不清、道不明，却又隐隐揪扯的情愫。我从燥热的夏天走到了微凉的秋天，秋雨缠绵秋意渐浓，北雁南归秋叶红，胭脂醉海棠睡，雨打芭蕉愁更愁，一帘幽梦锁清秋。

我有一帘幽梦

不知与谁能共

120

多少秘密在其中

欲诉无人能懂

窗外更深露重

今夜落花成冢

春来春去俱无踪

徒留一帘幽梦

谁能解我情衷

谁将柔情深种

若能相知又相逢

共此一帘幽梦

其实很多情绪的流淌是复杂的，并不是单一的。我们的心底都有最柔软隐秘的一个角落，每当听到一些歌曲，看到一部电影，看了一本书……内心深处总会涌起许多情思，继而触及心中最柔软隐秘的地方，引发出阵阵涟漪和波澜，或许这就是所谓的共鸣感吧！此时此刻我就是有如此这般的感受。最怕听懂一首歌，因为听懂了，意味着我已是曲中人。更有因为我不是在听歌，而是在回忆往事。初听不识曲中意，再听已是曲中人。

那一季的烟雨朦胧，但见梨花白不见桃花红：

去年今日此门中，人面桃花相映红。

人面不知何处去，桃花依旧笑春风。

道不尽的辛酸，说不尽的人间：

> 紫陌红尘拂面来，无人不道看花回；
> 玄都观里桃千树，尽是刘郎去后栽。

原来你也在这里：

> 岐王宅里寻常见，崔九堂前几度闻。
> 正是江南好风景，落花时节又逢君。

二　外一章：莫问七夕

在北半球夏季的夜色中，星空之间是那么寥廓，我们之间的距离是那么遥远。

神话中，牛郎和织女因为被天上的银河隔开，只能隔河相望，正如古诗所言："盈盈一水间，脉脉不得语。"只有在每年农历的七月初七，银河之上架起鹊桥，牛郎和织女才得以相会。

其实，这不过是人们的美好愿望罢了。每年的七月初七，半个月亮正飘在银河附近，月光使我们看不见银河，古人便以为这时天河消逝，牛郎织女于此时相见了。

鹊桥相会，不是从元月观灯到仲夏望月这么屈指可待、经年可期，也不如从苍山洱海到草原牧歌那般可以信马由缰、说走就走。满天繁星，虽可遥望，但却无法相见。星球互见，便是星系相撞。就算没有天河阻隔，宇宙法则如此，相会遥不可及，相见

122

便是毁灭。鹊桥会真是一个绝望的死结。

岁月唯单程，今生今世永远也不可能回到昨天了。而牛郎星和织女星，犹然把往昔的记忆，高高挂在星光里。

牛郎星在天文学上被称为河鼓二，它是天鹰座中最亮的恒星。牛郎星是一颗 A 型主序星，其质量、直径、光度分别是太阳的 1.7 倍、1.8 倍和 10.5 倍。据估计，牛郎星与地球相距大约 16.73 光年。

今夜我所看见的牛郎星，其实是十七年前的牛郎星。

2003 年，我还在彩云之南系着麻花辫，不知有汉，无论魏晋，对诗和远方朋友之上，对梦和江南恋人未足。

织女星在天文学上被称为织女一，它是天琴座中最亮的恒星。织女星也是一颗 A 型主序星，其质量、直径、光度分别是太阳的 2.1 倍、2.7 倍和 60 倍。据估计，织女星与地球相距大约 26.3 光年。

今夜我所看见的织女星，其实是二十五前的织女星。

1995 年，我还是那个在洱海之源跑得披头散发的小女孩，爱对星星眨眼许愿，尚未流泪忧愁。

织女星五亿岁了，仅为太阳年龄的十分之一，但由于织女星的质量是太阳的两倍，所以这颗恒星的寿命也只有十亿岁，将在五亿年后"香消玉殒"。

织女星出现之前，牛郎星已然懵懵懂懂、一脸无辜地快乐了三十多亿年；织女星离去之后，牛郎星却要孤孤单单默默远行五十亿年。世间最初光景，注定参商不遇。世间最大哀伤，莫过参商别离。

牛郎星和织女星之间的距离为 14.57 光年。

十四年前，清朗美丽的七夕之夜，满天星星竞相闪烁。一泻而越万千光年，横亘太空，永久地闪耀着她那纯洁而浩瀚的宝气珠光。无声黑白，人们对着牛郎织女，许下无数个不负责任的诺言。

牛郎织女隔着银河遥遥相望。透过幽暗而透明的夜影，透过空虚而望不到尽头的夜空，无尽的离愁渗在夜的柔波中一起滔滔奔流，流入时空永恒的波浪，流入时间永逝的波涛。

在无边的离愁中，群星孤独，不仅因为它们相隔甚远，更因为它们的生命在无声地流逝，一切珍贵的瞬息似乎都在无尽离愁中虚掷给时光之波。

夜一定要这样静谧，美一定要那样深邃吗？时空一定是这样神秘，离愁一定是那样幽远吗？我的梦一定会这样凄清，梦之外一定会那样缥缈吗？

文后旁白

我在写这段文字时，忽感头痛欲裂，无从下笔，于是我合上了电脑，准备第二天再写。瞧，我总是如此随性，我总是如此懒散，委实不该呀！委实不该呀！可是谁让我前一天晚上固执地坚持通宵看完《遥远的救世主》这本书呢！由于我的任性，导致了现在我无法继续写后记。算了吧，明天再写吧！说的明天再写，已然过了十几个明天，我的人生怕是都要在这无尽的"明天"里被虚耗殆尽了。想想就觉得可怕，更生出一种无力感。我从来不曾贩卖鸡汤和焦虑，我只是在让文字流淌，如与你们对饮低语，说些缥缈无边的心绪罢了，所以我的文字是有温度、有情感的，或许在孤独这件事上，我们并不孤独……

念　白

有人说喜欢我那样絮絮叨叨的念白式文字，说是淡雅质朴、沁润入心。对此，我是颇有些受宠若惊的。

原本以为我的文字，如我一般苍白无趣，总是令人读不下去的，可是现在看来，还是有些同类，能在此处找到些许共鸣！

寂然随风小逸，夜下对月念白。

昨天，大理洱海的鱼刷爆了朋友圈，洱海依旧波澜不兴，平静得出奇甚至带着些许萧瑟。而此时洱海里的鱼却忽然成群结队地以鲤鱼跃龙门的姿态跃出水面，引得岸边的人们聚集围观。

奇特的是，这个景象虽然发生在洱海沿岸各处，却是差不多同时出现的。洱海沿岸各个景点的围观者，都拍了照片、视频，有的人甚至搬来了烧烤架……不知道那些跃出水面的鱼，能不能逃得过被烧烤的厄运。于是很多人便传说这是地震的先兆，因为动物都有预知危险的本能。最后专家出来发话了，说这只是鱼群缺氧了，才会跳跃出水面。

无独有偶，昨天剑川石宝山的猴子竟然也成群结队跑到了山下。我不知道是不是猴子也缺氧了，抑或是生态环境太好了，所以才会跑到山下与人做伴。

心绪颇为不宁的时候，我看着日夜陪伴着我的云，为我摆出的造型也是如此怪异，想必云此时此刻的心情也是跟我一样，有些茫然郁郁的吧！

不知不觉中，我与云儿竟然也达到了一种共通融合，或许一切都是巧合，又或许一切的巧合都是有原因的吧！看着云，我漫无目的地走在家门口的广场上，放眼望去，散步的人似乎少了很多。

夏日里，天似乎总是会一直亮着，以至于到了晚上八九点钟，那昏黄的光线总是给我一种时间还早的错觉，这令我给自己的磨蹭找到了看上去最为合理的借口。

天色尚未全黑，广场上的灯光就忽而亮了起来，这与冬日里不论是不是伸手不见五指，也得卡到那个点才亮灯的光景是如此不同，令我颇有些不适应。

此时停歇多时的城市亮化景观，也在对岸与广场的灯火辉煌遥相呼应，满眼的霓虹闪烁。我不由得想到了辛弃疾的《青玉案·元夕》："东风夜放花千树。更吹落、星如雨。宝马雕车香满路。凤箫声动，玉壶光转，一夜鱼龙舞。蛾儿雪柳黄金缕。笑语盈盈暗香去。众里寻他千百度。蓦然回首，那人却在，灯火阑珊处。"

在广场边上，政务中心对面的人行道上，有许多摆摊的人，卖的都是些不超过二十块钱的小玩意儿。对于地摊和旧货，我其实是很有感情和兴味的，因为地摊承载着我儿时的许多记忆，甚至有些莫名的情愫已然沉淀到我的生命中了。

而且，像我这样固执守旧的人，对于旧物，有着谜一般的痴恋，总觉着旧的东西有使用者刻下的痕迹，由此便被注入了灵魂，旧书便是其中的代表了吧！

三万一千多里以外，有一个我的老朋友，比我更喜欢旧书，而且满脑袋塞满了旧书的内容，好像随便一拍两拍，就能叮叮当当拍出来一堆旧书典故。有段时间，他每个周末在微信群里语音讲文史。

不过最近此君已经许久没有在群里发声了。其实那个群，我才是群主。我也曾在那群里疯聊夜唱的，热闹的时候，想着"我要静静"。如今真的安静了，便有点儿怀想当时。不管怎样，但凡过去了的，都是美好的。

我漫无目的地行走观望着，隐隐觉着眼前的热闹是他们的，我依旧留守在自己的世界里。况且，这般热闹骨子里却是透着说不出的凄凉啊！

我也如辛弃疾一般蓦然回首，有个小小的侧影却是令我鼻子一酸，泪眼婆娑。在昏暗的路灯下，一个小男孩在嘈杂且川流不息的人群中，心无旁骛地写着作业。

而他的"书桌"只是他母亲摆摊用的简易凳子，坐的草墩与书写的凳子几近齐平，令他只能蜷缩弯曲着小小的身子。那一刻，这个吵闹的世界似乎与他无关，他仿佛沉浸在自己的一片天地里，一切都突然被按下了静音键。我忽而有些五味杂陈，酸涩，叹息，动容……

我说不清楚自己确切的感受，因为在现实面前，一切的语言都只是多余的装饰。在洱海边的这个广场上，可以融化大千，可以眼观世情。

我看到过深夜离家出走的年轻女孩在洱海边抱头痛哭。我见着四下无人，会坐到离她两米远的地方，默默地陪她，甚至帮她接了男友的电话，看着男子心急火燎地拉着她的箱子，带她回家。

我看到过年长的大姐如同孩童一般，一遍遍地呼喊自己走失的母亲，心下一阵揪紧，便尽力帮衬着找到了迷失方向的老人。我看到过卖红薯的大妈期望的眼神，即便才吃过饭一点儿都不饿，我也会买上两个烤红薯。人总是奇怪的，因为我的购买，原本无人问津的烤红薯桶前立马挤过来两三个人……

我看到过离家出走的小男孩天黑了还在篮球场上溜达，便问他："为什么不回家？"他说："怕挨打。"我问："饿不饿？"他说："我只吃了一顿早饭。"于是我带着他去找吃食，找了几家都已关门，最后找到一家卖小龙虾的炒了三份炒饭给他们（他还有两个同学在球场那里等着他）。离开时，他贪恋地看了一眼门口的冰箱，我又给他们一人买了一瓶可乐。回去球场找同伴的路上，我告诉他："以后不能随便跟着陌生人，一定要记住！"他低着头跟我说："我妈妈不管我，天天去唱歌打麻将。我爸爸从来不来看我，他们离婚了……平时都是我哥哥照顾我……"我心中一紧，趁着夜色擦了擦眼角，想说些什么却如鲠在喉，什么话都说不出了。他找到了同伴，几个小孩狼吞虎咽起来。我陪着他们吃完炒饭，有家长找来接孩子，他也被邻居带回去了，我这才起身返家。

我见过夜里在洱海边弹唱的歌者，有的声如天籁不输明星，有的自娱自乐独自欢喜。印象深刻的有两次，一次是一大群年轻人在那里摆了啤酒，像是聚会，却又带着专业器材。我散步路过他们身边，有人叫住了我："小姐姐，一起听歌吧！"我刚想婉拒却瞥见了他左边空荡荡的衣袖，我这才发现，这群人里大多是残疾人。于是我接过他递来的啤酒，席地而坐，跟与他们同行的几个小女孩一起，听了一曲又一曲，喝完这一瓶啤酒，我与他们挥手作别，不带走一缕月光。还有一次是一个孤独的歌者，一个人在那里开着属于自己的演唱会，我是他唯一的听众。我一袭白裙，于他不远不近处站立，想着他不要误以为我是女鬼被惊吓到了才好。最后他说太晚了要回去，最后一曲送给我这个唯一的听众，他其实是被发型设计师耽误的歌星……

　　说这些，并非我要自诩或是自我标榜些什么，只是觉得洱海边每天都在上演着一幕幕别人的故事，或许这些故事中也有我的身影吧！至今我犹记得那样的夜空很美，那些夜里的繁星是如此灿烂，或许他们鲜活于我的梦话，我也曾点亮了他们的梦。人生漫漫我亦漫漫，小男孩对面就是政务大厅，洱海对岸的霓虹依旧耀眼，我的影子却是愈加暗淡了。

　　隔岸迷惘小逸，风花雪月人间。

文后旁白

　　　　人生路漫漫，若无些趣事，怎聊以度余生？人生太匆匆，若只会循规蹈矩，又凭何任逍遥？

　　　　林清玄说过一句话，原话我已不记得，内容大致是这样的：一个人最高级的境界就是无论身处何种境地都

130

要保持浪漫，有一颗浪漫的心。而他也在《人间有味是清欢》里说过何为浪漫："浪漫就是浪费时间慢慢吃饭，浪费时间慢慢喝茶，浪费时间慢慢走，浪费时间慢慢变老。"我一直在内心深处保有一种朴素的浪漫情怀，许多人称之为"傻""矫情"。即便世事繁杂纷扰，我依然固执而倔强地留守着一方清宁。

不俗即仙骨，多情乃佛心。"不俗"并非清高绝俗，而是不离世间，却又能不为世俗所困扰。佛不是让我们冷漠无情，不食人间烟火，而是让我们对世间万物、花鸟鱼虫都含情，所以，多情最是佛心。

我总是愿意浪漫且多情地活在这个充满遗憾的人世间，用我稚拙的浪漫去抵御时光的无情，用我发心的多情来融化封冻的寒冰……

念 起

下关霜重暮云遮，指拈花下黄昏雪。

隔夜和风听元曲，满天长叹飞乌鹊。

　　这几日，总是做梦，一些杂乱无章的梦，没有颜色，没有故事的开头和结尾，只有一些零碎的片段。

　　有时在奋力挣扎着醒来后，我极想记录下梦中的纷乱繁杂，却偏偏总是在片刻之后，大脑一片空白，全然忘记了所有零星的碎片，也不知这是何故？突然发现自己打字时用的字号，从五号字变成了小三号、小二号，眼瞧着是越来越大了，也不知道是因为年岁渐长，眼睛已然变花了，还是因为渐渐地不想再猜，只想简简单单化繁为简面对一切？

　　其实，我的眼睛是近视的，只是为了爱美，从初中开始到现在就一直戴着隐形眼镜，而且只用"强生"这一个牌子，从未改变过，也未曾想过换其他的牌子。

　　有的人把我这样的行径理解为专一，也有的人理解为固执守旧，还有的人说这只是习惯罢了。对此我从未想过，就如人生命中很多的事、很多的人你来不及细想，就已然浑浑噩噩地走完了人生之路。

云在松阴。挂云和八尺琴。

卧苔石将云根枕，折梅蕊把云梢沁。

云心无我，云我无心。

最近发生了很多事情，令我无法平静，或许一个人越是想要什么，上天就越是让他得不到什么；不想要的，却偏偏一再出现。

跟从未失眠过的人说失眠的痛苦，他会说你矫情，想得多，缺乏运动……

跟平顺的人谈及人生的不易，他会说你不够努力，你太懒……

跟被爱和温暖眷顾着的人说些自卑孤寂的悲凉，他会告诉你要乐观多晒晒太阳……

这些不痛不痒的叮嘱和关心，像极了在你来"大姨妈"肚子痛时，告诉你喝红糖水；像极了在你感冒咳嗽时，告诉你多喝白开水；像极了在你说好冷时，告诉你多穿点儿衣服……

山藏白虎云藏寺，池上老梅枝。

洞庭归兴，香柑红树，鲈脍银丝。

白家池馆，吴王花草，长似坡诗。

可人怜处，啼乌夜月，犹怨西施。

其实我并不是否定言语的温暖，只是岁月待我并不温柔，我也知道了做什么比说什么更重要。而且我也在践行着，很多东西不用多说，我所做的代表了温度和态度！

虽说我也知道"良言一句三冬暖，恶语伤人六月寒"，但是执着于本我、真我的心更知晓，这世间向来都是"锦上添花者众，雪中送炭者寡"。偏偏我只愿在你门庭若市时远远观望，待你门可罗雀时方才愿与你对酒销夜愁。

泥炉似语茶如烟，谁在洱海两岸边。

小逸临水多闲愁，看遍波影碎婵娟。

于很多人而言，我并不是一个好相与的人，甚至会有些性情古怪。

我会突然把来到家中的朋友抛坐一处，自己去干些不相干却突然产生兴趣的事情；

我会身着一袭白裙光着脚，把脚伸进洱海中，沐着晨光与微露，无所思亦无所求；

我会在无眠的午夜一个人起身穿一身黑衣，把自己投影在空旷寂寥的夜色中，似乎自己化作清风，化作皎月，化作漫天星辰……

听得道一声去也，松了金钏；

遥望见十里长亭，减了玉肌。

此恨谁知！

走过了千里江东，醉了浮生；

梦见了一路芳华，怯了凋零。

昨日谁痴?

想要随心至性，想要淡然悠然，偏偏各种荒诞狗血的剧情在接连上演。清朗与温柔，总会被时光碾碎。

不想谈人性，不想谈人心，那些东西太过高远无形，我只想平平淡淡、简简单单地说些梦话，只想踏踏实实、心怀感念地等待着未来。人生已有太多风浪，谁都无法预知明天，可是我尚有些许期盼，些许安暖聊以慰藉，难道不是吗?

我以有限的生命接受人生的无常，我以最好的心态等待人生的无常! 如所有的人来到大理会自然而然地悠闲下来一般，冬的脚步要温柔缓慢很多，大理的冬天比北方的冬天要慢很多。寒酷的冬天，到了大理竟然也变得格外温柔了，只吹黄了枯叶，吹开了蓓蕾，妆白了苍山，染黄了坝子里的油菜花……

对于这样的厚爱与深情，我知道，你可知道吗?

当初小逸笑忘书，一盏浸空蒙。

莼羹素简。轻舟淡慢。滇茶朦胧。

从来小逸怕别离，莫问九里松：

故人何在? 前程哪里? 心事谁同?

朝飞暮卷小逸心，今生今世中，

黄花庭院。青灯夜雨。白发秋风。

昨夜有朋友发了些雪景图，北方又下雪了。

　　"绿蚁新醅酒，红泥小火炉。晚来天欲雪，能饮一杯无？"
我在艳阳下遥想，有一屋，一炉，一人与我对饮小酌，漫话无
边，那是何等的惬意，何等的畅达！

默 默

　　不知不觉学校开学已经快一个月了，我在忙碌的昏沉中想要入梦，却一直无法入梦。在教室里打开电脑，突然发现已经一个月不曾写下只言片语了，于是总觉着该在这五月的尾巴记下点儿什么，哪怕只是令人烦厌的碎碎念！

　　这几日来的阴雨绵延，让大理的天空褪去了那抹摄人心魄的蓝，转而笼上了一层灰色。放眼望去，甚至连苍山顶上常年罩着的云雾，也像跌落到坝子里一般，满眼皆是烟雨迷蒙，像极了梦中的江南，像极了这几日在读的《雨巷》，像极了此时此刻我的心境……

　　虽是正夏，却有着说不出的微寒，如此懒懒的，如此郁郁的，如此隐痛的……或许，能够说得出来的痛苦，那根本就算不得什么痛苦吧！

　　默默

　　煮一壶白茶，
　　折一枝白色梅花。

137

雪纷纷下，

北方没有没有啊，

我的千层塔。

错过的年华，

在北漠开出，

斑斓的雪绒花。

苍山有梦，

天上云追月，

荒芜了轮回的啊，

春秋与冬夏。

撑一把青伞，

描一幅山水人家。

山茶花开，

南山不见不见啊，

谁的半壶纱。

月下的沧桑，

在桥头拴养，

诗画的山坡羊。

苍山有梦，

洱海湖中月，

我犹记得大理啊，

寂寞的天涯。

　　这是一首诗，也是一首歌。我甚是喜欢，是无言的心境，也是流年的叹息。曾经有一位老师跟我要了去谱曲，谱的曲子是那种民族唱法的腔调，虽然唱得非常动听，可是这跟我想要的悠然与古韵似乎隔了一座苍山、一个洱海，故而我想，某一天或许会有更适合于《默默》的谱曲吧！

　　我很久没有写字了，自己都觉着有些羞愧难当，故而翻找出应对的一首诗。前面的诸多赘述也只是凑字数而已。为什么不坚持写？因为我犯病了，这样的病已深入骨髓，药石无医，对了，这个病叫"懒"病。我通常都会冠冕堂皇加以掩饰地说："我最近文思枯竭，没有灵感。"其实我是犯了懒病了。

云知道

　　最近这段时日，每天吃过晚饭之后，我都会去散步，独自一人往着茈碧湖的方向走去。从枯叶凋零寒鸦复栖，走到了蓓蕾初绽柳抽新芽；从天寒色青苍的短日，走到了风花隔水来的长阳；从路上没有一个行人的空旷与心慌，走到了车水马龙的一切如常……在特殊的时期，走在从头望到尾只有我一个人的人行道上，心是瑟瑟的，也是涩涩的。灰色理所当然地成了那些时日的主色调，在空中，也在心上。

　　看着如今的这一方如洗碧空，仿佛那作为主色调的"灰"已经消失四散、不复存在了！似乎人生的至暗时刻已然过去，似乎你还是你，我还是我，一切如常无改。

　　可是事物内部的变化，常常都是肉眼不可见的，只有自己内心才能知晓，那风起云涌和晦暗煎熬并不能被感同身受！

　　我穷！或许连独善其身也做不到啊！那被雨水浸泡了太多时日的土墙已然成了危墙，我怕，所以只能躲开！那潭水太过污浊，即便是会游泳，我也不愿去蹚浑水！

　　突然想起不相干的两句："沧浪之水清兮，可以濯我缨；沧浪之水浊兮，可以濯我足。"古人倒是挺自在！无力改变，不能改变，无法改变，这便是我的痛苦之源。人生如逆旅，我亦是行人。或许此时风月最相宜，管它身后洪水滔天！

行到水穷处，坐看云起时。每每走到湖边，我便会驻足片刻。看山，看水，看云，唯独不看人。

泥融飞燕子，沙暖睡鸳鸯。

远处影影绰绰，有一双不知道名字的水鸟，在水中嬉戏。有人说那是野鸭，我却只认定那是鸳鸯，毕竟"得成比目何辞死，愿作鸳鸯不羡仙"。

独自散步的时候，我每天都会在固定的地点拍云和树。出门路上仰望天空，有时是云卷云舒，有时是白云一片去悠悠，有时又是孤云独去闲。

归家途中抬头一瞥，有时是余霞成绮，有时是云霞水木共苍苍，有时又是云霞思独玄。若是更晚些就会有皓月当空，有漫天繁星，有风动影疏。安然而躁动，欣喜而不甘，静谧而疏狂……

说到了云，思绪突然有些飘散开来，先秦时候的楚国是一个十分妖娆的国度。楚国一向是活在云里的，有祭祀云神丰隆的习俗，有楚王巫山云雨的故事，《楚辞·九歌》中称云神为云中君。

以前楚国南郢之邑沅湘之间的地域内，人们相信鬼神的存在，而且经常祭祀。他们祭祀时一定会作歌乐鼓舞来取悦诸神。屈原被放逐到了南郢，他把那些神话传说记录下来，写成了《九歌》。《九歌》写了九个神，最感人的是山鬼，最优美的就是云神。

巫山云雨的爱情故事曾被古人写进了一百三十多首诗词中，

单单是李白就写了十八首有关巫山云神的诗，有"汉水波浪远，巫山云雨飞。东风吹客梦，西落此中时"，也有"云想衣裳花想容，春风拂槛露华浓。若非群玉山头见，会向瑶台月下逢"。

我独独爱的是李商隐的一首《楚吟》："山上离宫宫上楼，楼前宫畔暮江流。楚天长短黄昏雨，宋玉无愁亦自愁。"

这是李商隐来到楚地，看见古代楚地的宫殿楼观时所作。"山上离宫宫上楼"这里的山就是巫山，战国时期属于楚地。这里的离宫就是楚宫，就是一千多年前宋玉与楚襄王一同游览的地方。

神女和楚襄王的故事留给后人无限遐想，一千多年之后的李商隐，登上巫山的这座楚宫，楚宫之内有一座楼观，诗人从下往上看，巍峨的山上矗立着宏伟的宫殿。山腰江上，白云悠悠，楚王和神女早皆无踪迹。我想，此时的李商隐在想什么？

白族古老的信仰中，云是创世神出世前就有的一种天象，说天上一颗太阳落入大海，把海水煮沸，惊醒海底巨龙，吞下了太阳，巨龙被烧得翻滚，太阳变成大肉团从龙腮出来，在山上撞出无数肉片、肉末、肉丝，到处飘飞，化成了云朵。肉核分裂，左边化作女人，右边化作男人，这就是人祖劳泰和劳谷……

白族人当然喜欢白色，那是云朵的颜色，白族民间对云的信奉非常虔诚，就像少女都爱白衣胜雪的少年，少年心里都有一个白裙飘飘的姑娘。苍山之畔、洱海之上，看那漫天弥漫的白云，就是白族人永恒眷恋的情人。

我是那么执着地爱着云的洁白和云的飘逸。

天空湛蓝一片白云。我想，云知道，我在等待一个消息，默默地前行，诗意的信笺，轻语的言传，莫问我为何如此，我听你述说四季，轻飞的思绪，深藏的想念。

我想，云知道，天空变幻习习白云，那是云创作的诗句，深埋的情愫，披发的修行，百年的呼吸，我们都不曾错过。我惜你一路风霜，奔赴的约定，入梦的轻柔。

我想，云知道，天空洒落丝丝白云，那是云记录的回忆，闻一树梨花香，看一场圣诞雪，喝一杯胭脂红。那时候我尚青春，从四千里外驾云而来。拈一支象牙簪，带三分薄醉，我是世间最美的舞者。

云看过我穿着红色的大衣，围着围巾，带着我的长发和酒窝，一路远行。云知道，那年的江南雨，那年的夜未央，还有那年的寂寞清霜。

云知道，我在云中漫步，苦苦寻找那个追梦的少年，那是诗意的远方，也是蹉跎的年华。可是起初我们都不知道，远方的诗亦会那么锥心地痛，挥别了年少还有那么多酸楚的泪……

云知道，一世的日子，就要这样的旅行，游历美景，翻山越岭。我如浩渺宇宙中的一粒尘埃，在万年的生命轮回中如蜉蝣一般，朝生而暮死。

而山水云霞、日月繁星却是惯看人世浮沉，不语世事万千！山河依旧！我在对它们耳语，诉说着自己的心事。

我想，云知道！

写这一篇文章时，住在小城里的我，每日必修的课程之一便是去茈碧湖边散步。独自一人行走在瑟缩的旷野，心中百味杂陈，孤寂与恐惧是主旋律。

每日里看云亦是不变的习惯，在那些望断云霞的日子里，云既是我自己，也是远方的你，陪伴与被陪伴都抬眼可见，都内心安然。在那些枕着云霞入眠的日子里，星河的清辉载满了我未知的迷茫，既在天边也在眼前。在那举杯邀月、对饮成双的日子里，在云端，你似风儿我如花。

如今溪云落影成殇，望断天涯路，何处是归途？任时光尔尔，故人依旧，只是，不在眉间，而在心间。都说云是梦境的入口，而我亦是爱极了大理的云，也爱极了梦话呓语，或许天空一直都在，只是云来了又走……

熬一锅鸡汤

一直流行的"鸡汤"类文字，现在似乎成了中老年专属。而现在大行其道的却是"毒鸡汤"，那就是戳破你的梦，让你想无可想，我贴上一些，大家权且当作饭后闲娱。

如果你的脑海里出现了"放弃"两个字，一定要坚定地告诉自己："你都一无所有了，哪来东西让你放弃。"

孩子，穷怎么了？

你就算穷也要挺起胸膛，让别人看看，你不仅穷，而且还矮。

矮又如何？抬起你的头来，让他们知道，你不仅矮，而且还丑。

丑不要紧，用你的言谈举止让其他人明白：你还是一个没有内涵的人。

没有内涵也不要放弃，从现在开始学习！

当你读了足够多的书的时候，你就会发现：自己还笨。

"找一个喜欢你的，或者是你喜欢的，那你会选什么？"

"不告诉你。"

"不告诉我，我也知道。"

"你肯定是选择你喜欢的呗！"

"你咋知道的？"

"因为就没人喜欢你！"

看到这些我一开始是想笑，可是笑过之后，又觉得有什么东西梗在心中，该说些什么才好呢？还是当作笑话自愚娱人吧！

还有下面这两则我觉得说的分明就是我啊！

你打游戏时，别人在熬夜加班赶项目。

你逛街"血拼"时，别人在卖命拼酒陪客户。

你晚上睡大觉时，别人通宵做商业计划书。

你跟朋友出去旅游时，别人在废寝忘食地工作。

黑夜从来不会亏待晚睡的人，它会赐予你黑眼圈。

看到这两则，我默默地自动代入了我自己……

还有一些，我也觉着有意思，写出来给大家看看。

你就像夜空中的星星，有你没你都差不多。

知道为什么自古红颜多薄命吗？因为没有人会在

意丑的人会活多久……

　　有些人感慨自己岁数已经不小了，还没有成熟起来，其实你们已经成熟起来了，只是你们成熟起来就这样。

　　当你觉得你又丑又穷、一无是处的时候，不要绝望，至少你的判断是对的。

这些鸡汤往往前半句正常，后面却突然神转折，出人意料，令人哭笑不得，却又似乎无可辩驳。就像我们的生活。

　　下面这两则就似乎更为沉重无奈一些。

　　回首青春，

　　我发现自己失去很多宝贵的东西，

　　但是我并不难过，

　　因为我知道以后会失去更多。

　　人生就是这样，

　　有欢笑，也有泪水，

　　一部分人主要负责欢笑，

　　另一部分人主要负责泪水。

带着些许自嘲，夹杂着些许无奈，大概这才是人生的真相吧！

这碗鸡汤，我干了，你随意！

岁月两端

寂寞只余虚影，拖着单薄的夜语。

又是许久不曾着一字，原本想将这鬼话胡话进行到底，可是惯看春花秋月的小逸向来不喜欢守规矩，毕竟这风花雪月诗酒茶最是人间好风光。我自当浮白载笔，抹月批风。

漫无边际的文字其实也是一种情绪的流淌，对于心性敏感的人来说，更是需要释放那种溢满心房的杂乱无章。

看科普杂志，我知道了月亮的运动轨迹影响着潮汐；看狼人吸血鬼电影，我知道了月亮的阴晴圆缺会让狼人变得疯狂；到了中秋时节，我知道了月光的寒凉会令我陷入忧伤……

不知道你们有没有这样的经历，一个人开车困得快要闭上了眼睛，想要打个电话跟人说说话、解解乏，可是翻遍了手机号码也找不到一个可以任你随时骚扰的人，最终只有自嘲地一笑而过，继续强撑着一路前行。

是的，我又开始矫情了，我原本就是个矫情的人，为什么非要假装出一种饱经沧桑后的淡然呢？那天回妈妈那里过中秋节，不知为何我困到了无以复加的地步，于是我一连串拨了一些平时绝对不会拨打的号码。所幸听到的都不是忙音，虽说都是有些疏离而客气的回应，却也有了点儿声响，不是吗？最后只有和我一样粉红少女心的她和我说了些不着边际的话。

挂了电话，心口突然觉着憋闷得很，心中的失落也在一点点增加，情绪瞬间崩溃，我仿佛听到了我那碎成一地的七窍玲珑玻璃心在悲号。是的，经常碎成了渣渣，却又被自己打扫收拾起来，缝缝补补后，又开始没心没肺、没羞没臊地继续一边高喊着减肥，一边坚决贯彻吃饱了再减的原则。

看着那轮远在天边又近在眼前的圆月，不禁有些迷离，月的华光是那么光洁澄澈，却又那么彻骨寒凉。包裹在夜色的迷蒙里，我看不清一切的悲欢离合，看不见安暖的目光，只剩得暗夜独殇。

我说过我是个矫情的人，喜欢干净纯粹的东西，于是乎素简便日益取代了纷繁。不喜欢与人走得太近，近了便会有伤，于是便爱上了夜色的包裹。喜欢一个人沿着空旷的广场一圈又一圈地行走，单曲循环着同一首歌，让思绪随着词曲任意翻飞，肆意流浪……

一夜的秋雨寒凉，一夜的寂落阑干，要隐的哀伤无处可匿，要讲的笑话令人泪目，要藏的心事欲盖弥彰。满纸的清欢没有一丝华光，只听得那日昆曲念白的余韵绕梁，欲说还休，欲说还休……

月光下，看着一个个孤单的影子被寂寞拉得很长很长，有一种默默的哀伤。是的，写惯了小儿女的小情小调，急转的过程也需要缓释，夜不成眠，独坐呓语，且听且忘。

寂寞洒下月华，朦胧城市的天际。

文后旁白

　　我经常会在午夜时分一个人到家附近的广场散步，那是一种放空，也是一种自省。写这一篇文章时，我身着一袭红裙，在门口的广场走了十圈。四周漆黑寂静，想到白天开车时困得睁不开眼睛，翻遍了手机却没有一个人可以跟我说说话、提提神，心中陡然一片寒凉，情绪瞬间跌入低谷。

　　其实，夜色依旧撩人，只是夜影有些孤独。矫情的时候，我会对着月亮吐露漫漫心事；孤独的时候，月亮也会为我的梦铺满月光，虽是很美，很美，却也太过凄清寒凉。

　　或许孤独是高贵的衍生品，高贵是孤独的馈赠品。

凌晨四点，看到海棠未眠

今天我回家，发现家里的海棠开了。

这株海棠是妈妈为了与玉兰、牡丹、桂花相伴，前些年才移栽过来的，以便形成"玉棠富贵"的意境。

以前从未注意过这棵后到的海棠树，因为在我的印象当中它总是被修剪得光秃秃的，没想到这第一次开花便惊艳了我，满树的嫩绿映着雪白，真是忽如一夜春风来，千树万树海棠开啊！

我算是在外面走了一遭又回到了家。我走得无影踪，在遇到那些突如其来的改变时慌乱也心寒，试着咽下所有情绪，用文静装作淡定，终于每个念头都落了空，外面没有太好的风景。

这株海棠花是家里的景色，而我却更像是和她不期而遇的游客。她并不知道我的故事，她只是按她自己的方式对我猜心。海棠花开了，无可避免地让我撞到她的惊艳。原来最美的风景就在家里呢！

闲走天涯看白首，落尽灯花笑作罢。最怕和在乎的人慢慢变远的过程，真的是发自内心地痛。好在如今家里有了一株不离不弃的海棠花，怒放着笑靥如花，摇曳着妩媚成歌，绝世清雅，颇慰我心。

一阵风吹过带来阵阵清香沁人心肺，仿佛这就是浓春的味道。在海棠树下，看着随风散落的海棠花瓣，或飘飘洒洒静落于青石板上，或娇羞蹁跹迎风起舞，颇有些"落红不是无情物，化作春泥更护花"的情思，不悲伤，不孤傲，只是轻盈平静。

因着易安居士的"昨夜雨疏风骤，浓睡不消残酒。试问卷帘人，却道海棠依旧。知否，知否？应是绿肥红瘦"，我便先入为主、理所当然地认为，海棠就是红色的，至少应该是粉红色的，忽而见着这白里透粉的海棠花，便是十分惊喜，甚至觉得院中这白色的海棠比那三春的梨花更胜一筹。

记得张爱玲提过："一恨鲥鱼多刺，二恨海棠无香，三恨红楼梦未完。"可是家中这棵海棠却明明香得那么醉人啊！这又是何故？

或许赏花的人只顾着惊叹繁花似锦，忘却了它的默然馨香；又或许海棠不想被人嗅去了心思，故而匿去了香味吧！海棠无香，落花有意，流水无情！"自今意思和谁说，一片春心付海棠"。

说起海棠，不得不提一个人，那就是苏轼。深陷乌台诗案的苏轼起初郁郁寡欢，到后来心绪淡然平静，才能对海棠生出近乎痴迷的情愫吧！才能写出"只恐夜深花睡去，故烧高烛照红妆"这样的佳句，因此海棠也有"解语花"的雅号。

可是更有意思的是苏轼在好友张先纳妾的贺宴上作诗："十八新娘八十郎，苍苍白发对红妆。鸳鸯被里成双夜，一树梨花压海棠。"

这诗中的本意根本不是赞美梨花高洁出众赛过海棠，而是戏谑调侃张先"老牛吃嫩草"的同时又不失雅韵风流。

然而人们已经根本不在乎这些出处，只记得赞美梨花时大用"一树梨花压海棠"！我私以为慎用为妙！

又是夜深人静时分，在这寂静无声的夜里我想起了川端康成的那句话——

"凌晨四点，看到海棠未眠……"

海棠赋（组诗）

一

每个女生
心底都有
柔软的一方钟情
我的钟情
一直就在
眼前的风花雪月

家里的海棠开了
小逸的心情暖了

二

我的妈妈
是个诗人
她用四季花儿拼诗句
海棠玉兰
桂花牡丹
她咏玉棠富贵的意境

天青色等烟雨
海棠花醉清风

三

世界很辽阔　姹紫嫣红
花儿的欢笑　不止为我
只有　前些年才移栽过来的
这株　善解人意的海棠花

我看她一眼
她向我摇枝

四

那年海棠开了
我就离开了家
一边念中文
一边谈恋爱

那年海棠谢了
我也回到了家
披一身伤感
像个小傻瓜

放下空空行囊
我对海棠低叹
海棠仰起脸庞
美得黯然神伤

久别重逢的旧时光
别来无恙的海棠花

五

年轮从天边寄来一片云
海棠花将云轻轻挥散

记忆从江南带来一阵雨
海棠花将雨淡淡收下

于是　雨消云散的休止符
一株　善解人意的海棠花
我看她一眼
她为我绽放

六

每个女生
都会邂逅
柔软的梦里水乡
我的季节
完美错过
春天的烟雨江南

家里的海棠开了
小逸的心情暖了

文后旁白

　　"凌晨四点，看到海棠未眠"，是川端康成《花未眠》里的一句话。我写这篇文章时，这句话似乎还没有那么流行，现在不知为何到处都可以见到这句话，难道大家都喜欢上了日本文学里传统的"物哀"和"风雅"？也许更多的人只是附庸风雅，甚至不知道自己在说些什么，只是觉得这样有文艺范的句子很美就随处乱用吧！可是，我真正想说的是后一句："总觉得这时，你应该在我身边。"

关于榴梿、地下室和忧伤

  前几日想写点儿什么，可不是忘记了带本子，就是笔没有了墨水，再不就是笔坏了，把一个白布包都染成了靛蓝，像极了白族的民族风扎染制品。于是乎终日里我也就顺理成章并心安理得地只管吃吃睡睡，独自蹉跎这大好春光，谁叫我一向顺应天意又喜欢随性而为呢！

  看到满街令人目不暇接的各种水果，才恍然发现又到了满园瓜果飘香的季节。送走了樱桃，迎来了杨梅，倘若这些都已如期归去，一定还有那独树一帜的榴梿在默默留守。

  说起榴梿，我也是两年前在一个偶然的机会下才第一次吃到，在此之前我是决计不会对外形如"流星锤"一般的榴梿有任何想法的，可这第一次亲密接触便让我不能自拔地沦陷了。从此，我成了榴梿这个"水果皇帝"的忠实粉丝，完全拜倒在它的"流星锤"下。

  榴梿那绵密软滑的口感是其他任何水果都无法比拟的，既有坚果的厚实油脂感，又有水果的馥郁芳香，较之一般水果少了些冷清寡淡之味，多了几分细腻如肥肉一般的口感。对于无肉不欢的我来说，榴梿真真是一种神奇的存在，可谓"一见榴梿误终身，从此桃李是路人"！

可是即便我自己觉得这榴梿香得浓郁，令人沉醉，但对于大部分人来说，榴梿的气味是他们所不能接受的，他们觉得榴梿简直臭得令人窒息。正所谓吾之蜜糖，彼之砒霜。

记得有一次我把榴梿带到家里吃，妈妈一进门就一边捂着鼻子不停地说"好臭，好臭"，一边四处找臭味的源头。最后她打开冰箱，发现了我剥好后装在密封盒里并裹了两层保鲜膜的榴梿。

母上大人当即便勒令我从此以后不许再把榴梿这种东西带进屋里吃。若是要吃，只能在院子里，离她至少三米远。最可气的是妹妹也在一旁一边捂着鼻子，一边问我是不是在吃屎！

我气极了，索性拿出所有榴梿在她们面前大吃起来，结果就是我翻着白眼被她们轰了出来……"白天不懂夜的黑，她们不懂榴梿香！"

关于榴梿的这些文字我其实已经写了一月有余，不知不觉我竟然又蹉跎了两个月的光景，说懒已经不足以表现出我对自己的鄙视了。假装岁月静好也好，明白世情多艰也罢，日子总还是要过的，不是吗？毕竟这蹉跎光阴也算得上是一种随遇而安吧！

我知道我是有些颓然沮丧了，这种颓丧每隔一段时间总会悄然来袭，总是会在我信心满满时把我拉入无尽的深渊。

每天大部分时间我总是在睡觉，可是根本睡不着，即使睡着也是隔一个小时便醒来，往复如此，不堪疲累，最终总是会在凌晨四五点彻底清醒。一个人蜷缩在黑暗中，什么也不想，什么也不做，等待着天明……

我讨厌这样颓丧的自己，却像困兽一样找不到突围的破口；我鄙视这样软弱的自己，却像羊群里被拔了牙的狼，既悲愤又无奈；我不满这样凄惶的自己，却像天边的云一般漂泊无依。

近日我的心情像极了大理的天气，烦闷燥热，加之两段文字所隔时间太长，所以写的这一篇文字也是前后画风突变。人类战天斗地，看不透的是自己，算不到的是明天。

记得我一位挚友曾自我调侃："以为自己已经在最底层了，不可能出现比现在更坏的情况了。可哪里知道还有地下室在等着我，而且还不知道是多深的地下室！"初听得这句话时，我是觉着好笑的，但是笑着笑着，眼角就笑出了泪花……

此文起笔的时候，是想写点儿关于吃的，轻轻松松"小确幸"一下。没承想中途突然一个点刹，停了一个月左右。其间，看了一些书，走了一些地方，听了一些故事，心境自然大异。仿佛误入低光速黑洞笼罩的 DX3906 星系，一千八百九十万年的岁月跟在我的身后，笔下失控成了意识流。

随后又是几十天写写停停。我就像一个在玉龙雪山开着运煤卡车溜坡二十里的见习司机，一路下坡抢挡心慌手乱。人们都知道，文章若不是一气呵成，后面要完稿就会特别艰难。这篇榴梿文最后给"挂挡"到了地下室主题，事先我也预料不到……有点儿鲁迅杂文的味道了！

初写榴梿，起于心情的阴晴不定。生活也是这样的，要看从什么角度理解了。吃得香和闻着臭、自己喜欢和别人讨厌，都是没有一定标准的，想要表达的意思是随遇而安。

转到地下室，是真实的触景生情。生活是个特别好的编剧，我有个朋友他命带引雷针，什么离奇的、负重的、马太效应的、墨菲定律的情节都会在其身上发生，幸好性格坚强，还活着，还能笑。

而小逸就该是小小的，安逸的。所以在此处把榴梿的滋味积极呈现，把随遇而安的态度对己对人碎碎念；把地下室的心情仔细藏好，如人饮水冷暖自知，自己知道就行了，打死也不说。

可是忧伤会渗透到笔尖，怎么也做不到似水无痕……

文后旁白其实我一开始是不认识榴梿这种水果的。以前运输不便，身处大理的我们很少见到这种水果，后来看到了也觉得它长得丑卖得又贵，所以一点儿都没有想去尝试的欲望。有一次超市里有卖，我突然生出好奇心，就买了一个，自此爱上了榴梿这种特别的存在，而我们全家也只有我一个人吃这种东西。

再后来，也就是现在，街上能见到越来越多的榴梿，价格也越来越能为大众所接受了。可我对榴梿的那种热爱反而没有以前那么强烈了，以至于今年我一次都没有吃过。其实就像能够让我有所期待，并为之付出热情的事越来越少了一样，能让我心心念念记挂于心的人和食物也越来越少了。尝遍世间百味珍馐，赏尽人间绝色，终是爱那一抹清欢而已。

关于朋友，他的人生真的比小说还要精彩，历经磨难坎坷的故事主线，起伏跌宕的故事情节，有着仙人掌般生命力的主人公……好小说的各种要素皆已具备，可是我多么希望这真的只是小说，最好结局能够由我来书写。若能执笔，即便故事不够精彩，我也定要免他三灾六难，去他十劫八苦，书他少风霜无忧伤，多喜乐常安宁。

人生·初见

兼葭苍苍，白露为霜。所谓伊人，在水一方。

"懒虫，起床啦！懒虫快起床……"在起床铃的再三催促下，辛芷懒懒地钻出了被窝，拿起枕头旁边的手机开始扒拉起来。

她瞥了一眼微信里的时间，立马跳了起来，打开衣柜，一件又一件开始试穿衣服，总是觉得不满意。到最后，她有些沮丧地垂头坐在地上。

她在想，或许并不是因为衣服不好看，她才一再地换衣服，而是她想把自己换掉。不是衣服配不上人，而是人配不上衣服啊！

多么奇特的想法在她脑中闪过，最后她还是捡起昨天穿的那一身衣服迅速地套在身上，虽然袖口已经沾了些污渍，但是并不影响整体的效果。

最重要的是，这身已经穿了两天的衣服已经沾染上了她的气味，恰恰又是这种气味能够令她感到莫名的安心与自在。

她现在想要的已经不是那种脚蹬十厘米高跟鞋，身穿抹胸礼服也能挺拔地站一天的炫耀夺目。她更想要的是一种舒适与安全的怡然自得。她会在长裙下面穿运动鞋，会在裙子下面穿羊绒裤，会在后备箱放一双养脚的布鞋，会用一个塑料杯子泡一大罐茶……

这其实并不是因为她老态的初现端倪，而是因为她更加知道自己想要的是什么，更加懂得自己，不愿意去刻意地取悦别人，而是更愿意去取悦自己。

她又看了一眼时间，打了个车到了火车站去接人。

她很紧张，目不转睛地盯着出口处，却又站在离出口很远的一个角落。

她在幻想着见到他会是什么样的一种场景，也在心里第一百遍地演练着见到他时要说的第一句话。

可是随着人潮的逐渐散去，她还是没有见到曾经熟悉的那个身影出现在眼前，焦灼的情绪瞬间覆盖了所有的忐忑与不安，她即刻拨通了他的电话。

其实一路上她都不敢拨电话，而是一直在发微信，她生怕自己会慌张得语无伦次，怕自己打破这种宁静与平衡。

电话接通后她才知道，原来自己看错了时间，把出发时间看成了到达时间。

于是，她深深地吸了一口气，自嘲地笑了一下，又折返到了家中。

等待是磨人而焦灼的，她不停地喝水，想要借此消减心中的那种灼烧感，可似乎没有什么效果，只是徒增了上厕所的次数而已。

辛芷订好了离家最近的海景房，一拉开窗帘就能看到整个海面，天晴时水面是一片碧蓝，海天一色，几只白色的海鸥点缀其中，放眼远眺总能令人心绪豁然开朗，总能让人心绪平和。

天阴时水面是灰绿色的，雾色朦胧的天和水汽升腾的湖面相接，分不清水和天的界限，仿若置身于烟雨江南之中。

辛芷很是喜欢江南的烟雨迷蒙，行走于细雨微风中的青石板上，她就是那个丁香般的姑娘，她心中的愁思和郁结似乎比那悠长的雨巷还要长……

微信响了，她知道是他到了，她把酒店定位发给他，帮他点好了外卖。她在房间里踱着步子，在徘徊着犹豫着，甚至不知道自己在想些什么，直到夜里十二点多，她才循着导航到了订好的酒店。

在敲门的时候，她顿了顿手，转身离开的念头划过脑海，终于她还是敲了三下门，里面的传出来一个遥远而熟悉的声音"稍等"。接着门应声而开，四目相对，她几乎都要落荒而逃了，终于，她还是不敢看他的眼睛，低着头进了房间。

拉开窗帘，只有一片漆黑和点点繁星，两个人喝着茶，就这样坐在落地窗前的椅子上，不知道该说些什么。终于他开口了："我已经老得不成样子了……"

辛芷心中陡然一酸，缓缓道："其实我们都老了，只是我的老，是内心深处的苍凉，而你则是外显罢了。"又是一阵沉默。

今夜的风刮得很大，似乎要吹开这么多年的迷雾叠嶂，要吹散这依稀可见的零星记忆一般。

两个人都陷入了各自的回忆之中，可是每个人的记忆似乎都是不一样的，哪怕是同一件事，从两个人口中说出，竟然会有着天壤之别！这是由于记忆的偏差，还是男女对于一件事的主观感受本来就是不同的呢？

辛芷不想再去探究，也不想再去细想，因为很多东西容不得你去梳理，很多人和事已经属于过去，回忆总是如茶色影片一般，唯美，凄然，而又仅仅只属于自己。

就这样静静地坐着不说话，就很好。凌晨两点，小茶几上的茶余温尚在，辛芷抿了一口起身准备离去，临走前对他说："我明天中午过来带你去吃好吃的。"回望一眼又赶紧把目光游移，快步离开。

凌晨的风依旧疏狂，凌晨的月光已隐入云间，凌晨的辛芷独自神伤……

远去的时光像极了一首旧歌谣，歌声缓缓，歌词入心，恰似故人来，恍恍惚惚，影影绰绰。

中午辛芷如约而至，门是开着的，她静静地站在窗前，看着如画的景色，心中平静而又有些惶然。

待他在笔记本上处理完事务之后，辛芷领着他去爬山，赶不上素斋，就要了一杯美式咖啡一个鲜花饼。

顺其自然，不赶不追，只是相对少言，或许也无须多言，再多的言语只是徒添杂乱罢了！

下山前，辛芷折返求了一纸签文，下下签！她心中并无任何波澜，把签文折好准备收入包中，他一下拿了过去，说是要留着做个纪念，辛芷笑了笑没有说一句话。

将他送回酒店后，辛芷回家洗了个澡，换了一身衣服，头发上还留着洗发水的清香。她喜欢这样淡淡的若有似无的味道，不似香水那般扑面而来浓烈直接。

晚饭时分，辛芷接他去家里吃了一顿饭，饭后又送他回到酒店。他说："听说人躺在浴缸里会很放松，你可以试试，用这样奇特的聊天方式继续我们的聊天。"于是辛芷躺到了没有放水的浴缸里，有些冷，他拿出被子帮她盖上，他坐在一旁，这样怪异的聊天方式，这样莫名其妙的状态并不影响记忆的回放。两个人断断续续地就着清茶说着些话，或许那些仿若老照片里的陈年旧事，任谁翻开都难免神伤吧！

辛芷只是泪流满面，他有些不敢看她的眼睛。她说："我回去了，明天你也要走了，早点儿休息吧！"

他说："你忙你的吧，明天不必送我！"

辛芷擦干泪痕道："我想送你！"

以前总以为人生最美好的是相遇，后来才明白其实难得的是重逢。

轻轻挥手说"再见"，岂能知晓再见之日是何年。或许，"再见"就是十年之后再见，或许"再见"只是下个月，过几天，抑或是某个午后在陌生的城市，在喧嚣的人潮中那回眸一笑"原来你也在这里"，或许"再见"就是此生再也不见了吧！

辛芷不知道会是如何，也不想再去思考。一声"再见"说得越是轻松，恐怕越是难以承载其中的分量。辛芷望着远去的背影，独自在风中凌乱，"人生若只如初见"啊！

　　这是一个小故事，是梦里的痕迹残存，是人生的遗憾感慨，是白月光，是朱砂痣，是千千万万个你，是万万千千个我。此番游离，竟让我有些分不清梦境与现实了，真是"东风不与周郎便，铜雀春深锁二乔"。

弱水三千，人间烟火

原本沉溺于书香墨海中，以为"曾经沧海难为水，除却巫山不是云"，可是历经了人间烟火之后才发现"终有弱水替沧海，再无相思寄巫山"。

怎样才能忘记一个人？都说唯有时间和新欢，若还是不能忘记，那么要么是时间不够长，要么是新欢不够好。可是果真如此吗？如果自己不曾真正放下释怀，那么时间再久也无济于事，而新欢更无异于饮鸩止渴。

"我让你心动，你让我心安。"世间最美的爱情莫过于此，那种怦然心动的感觉如电光石火般，在两个人心中燃起了火花，越烧越烈直至一切化为灰烬。那柔和的目光如和煦的春风徐徐拂过全身，目光所及之处皆是安暖，令人心安。"你是我的心心念念，我是你的望眼欲穿。"被需要，被想念，有爱的能力，也被爱着。"人世间有百媚千红，我独爱爱你那一种。"森林很大，有很多树，但是我只爱属于我的那一棵，尽管它并不那么高大挺拔，或许人间相思最无解……这些甜得发腻的情话，真的很美，很温情脉脉。人世间本已有太多的悲苦，脆弱的心已经承受不住了。我们只能苦中作乐，寻找一丝丝甜，寻找些本该有的人间烟火。

突然发现，车水马龙川流不息，嘈杂市井人声鼎沸，鸡犬相闻此起彼伏，小孩的哭声妇人的叫骂声你我的欢笑声，这些平素里最为平常的光景，此时却显得那么可贵那么遥不可及。

其实，拥有这些光景的流年，才是最为真实的凡尘俗世，也是我最为想念的人间烟火！如若可以，我愿穿越三千光与尘，只为你眼里的小星星……

小逸是个小女子，执念着情深深雨蒙蒙，不会多想男人世界的大义风骨。撇开时代的局限和人性的复杂，在我看来，因为胡兰成，张爱玲是有福的，至少她曾经拥有。

胡兰成和张爱玲好的时候，用了心去描述张爱玲："她的走路脚步，做事情时的小动作，都那样端正认真，但是轻快敏捷，像早晨露水里山川草木的爽气。"我也很想在谁的心里变成这样子——只要他希望我是这样的，为他装也要装出来这样子！

胡兰成还写过一段给张爱玲的话："梦醒来，我身在忘川，立在属于我的那块三生石旁，三生石上只有爱玲的名字，可是我看不到爱玲你在哪儿，原是今生今世已惘然，山河岁月空惆怅，而我，终将是要等着你的。"

写这段话的时候，胡兰成已经失去张爱玲了。若是我也有一个他，纵然走散，只要他肯为我也写这么一段话，我必是什么都不管了，买张机票飞一万里向他狂奔过去。

我很喜欢这样的诗句：

昨日流水人家，随处琴棋书画；今日红尘信马，何处琴棋书画。晓风残月杨柳岸，长亭谁在牵挂。

昨日黄纱窗下，不见岁月苍茫；今日几许落花，犹见岁月苍茫。一庭时晴渐向暝，却道秋好天凉。

昨日情暖江南，欣然十里桃花；今日风雨秋山，寂然十里桃花。三千弱水一扁舟，伊人在水一方。

昨日轻诺月下，许她一世芳华；今日摧眉折腰，为她一世芳华。含茹甘心绕指柔，踏遍修罗千嶂。

昨日钟鼎缨冠，垂手难说放下。今日梦回秦关，垂泪难说放下。听得箫声忆旧游，谁在心乱如麻。

…………

我知道这首诗在网络上很流行。能写出这样诗话的那个人，背后必是有很多的故事吧！

《小河淌水》也是我最喜欢的歌曲之一。人们都知道《小河淌水》是一首云南民歌，被誉为"东方小夜曲"家喻户晓。但是《小河淌水》的发源地是大理白族自治州弥渡县弥祉山乡，知道这一点的人却不多。

弥祉是弥渡县以南三十多公里的一个山乡，群山环抱，阡陌纵横。这里的永和村文盛街，是"茶马古道"西线弥渡境内一个古色古香的小集镇。如今，文盛街上还有三百多户人家，都居住在一里多长的古街两旁。

文盛街就静卧在太极山脚下，两边房舍鳞次栉比，层层叠叠。沿着街道中心用石条铺成的长街路面走去，当年马帮踏陷的石条历历在目。已失去了光泽的青石板街面，在歪歪斜斜相互拥挤的房屋间向前延伸着，这一路被马帮踏陷的石条，叫作"引马石"。多少人沿街来来去去，多少故事沿街飘落。

街边是迤逦的溪渠，叮叮咚咚流淌着雪山上下来的清冽水，从弥祉沿苴密线向东汇入亚溪河，"小河淌水"的源头，就是这里，据说这里就是"三千弱水"流向人间的起点，这里有浓浓的人间烟火，一如当年茶马古道，小河淌水，时光不语。

小逸是一个白族金花，听着小河淌水，做着自己的梦。弱水三千相伴，人间烟火流连，我曾慢慢长大，也会慢慢变老。

文后旁白　　　多少相遇，转身即永恒；多少期待，被深埋心中；多少缘分，来去如风转眼成空；多少爱恋，耗尽春光韶华徒留一声哀叹。

三生三世，梦回江南

今日细雨飘飞。

飘雨的季节，总是能勾起我许多的遐想。

书房里有一本《风月江南》，原本已经在那里落灰许久了，现在我拂去灰尘翻开这沉睡多年的书本，一切都那么熟悉而又陌生，一切都那么近在咫尺而又远在天涯……

我当初买这本书，只是因着这个名字：为着对江南的喜爱，为着对烟雨江南的念念不忘。随着年岁的渐长，人们都会在得与失之间徘徊。有时我们看似得到了很多，其实当初的得到也许只是为了日后的失去，甚至我们就从未真正拥有过，又何谈失去呢？扯着雨丝，我陷入了迷离……

那一年的江南烟雨，惊艳了我暗淡无光的平凡岁月。我在西子湖畔，游人如织，乱红流苏；烟雨迷蒙，浑欲湿眼。

与妹妹对坐于一条乌篷船上，恍若梦回：那淡墨的晕染，船头的艄公，远处水天一色，近处几只飞鸟划过，舟行江上，景随船移，云欲湿雨，人融于境，好一幅徐徐铺展开来的水墨江南烟雨图。那真真是一种熟悉的味道啊！

那时候，雷峰塔下，或许早已没有了千年的等待，可我却愿意凭着三生执念，循着他们的足迹去找寻，找寻那一丝丝残留的记忆……

　　烟雨江南，纸扇油伞，西子湖畔一叶扁舟，静坐，无语……

　　待到上岸，雨亦如期而至，小亭中恰有伞在卖，我撑着伞，独自一人沿着岸边走了很久，很久……

　　那一泓的江南烟雨，揉细了我乍暖还寒的花样年华。一眼万年！此时此刻，仿若这世间的言语都失去了颜色一般，只此一言能达我意：一眼万年！

　　朋友曾鄙视道："只听过一见如故的朋友，一见倾心的爱人；一眼万年的，不知不闻不信！"

　　可是"一眼万年"这个词于我，确然像是一个受了惊的意外。只此一眼便是一生割舍不下的眷恋，每当夜幕深沉无人可诉时我便梦回江南；每当细雨飘飞扯出丝丝缕缕的回忆时，我便想起乌镇的青瓦白墙；每当我在人潮中寂寞如雪时，我便醉梦遥遥……

　　在恰好的光阴里，遇到一个恰好的人，恰好彼此喜欢，云也逍遥，风也缠绵，从此，便和你交换所有的心事和秘密，分担忧伤，分享欢喜！

　　于是，感叹：你是我岁月的惊鸿，我是你意外的美丽。

　　其实，奈何桥边，我只是喝下了孟婆汤，忘记了，这份相遇正是我前世的期许，佛前的祈求与跪拜，用千万次的回眸，换来今生一树花开的绚丽，恰好你来，恰好正值花季，于是，我入了你的眼，你入了我的心！

水墨素简的青色烟雨中，一个女子行走于青石小径的背影映入眼帘，折扇，油纸伞，雨巷，街边叫卖的龙须糖，张家胭脂铺……三分春色半点桃花和着细雨，无处不透着古朴与缠绵，这是梦是醒？我已经不去想了，这画面太美，太像电影中的慢镜头，我只想继续看下去。

女子鹅黄色的裙边沾上了滴滴雨珠，只见那女子发如泼墨点珠翠，目若秋潭含情波，指如削葱着环佩，肤似凝脂白玉膏……

女子收了手中的油纸伞，进了转角一家扇子铺，看中了画着一尾红鱼的折扇，正伸出手去拿却碰到了同时伸出的另一只手，抬眼望去两人皆露赧色，继而相视一笑，一切仿佛定格在了那里，从此那青衫男子的眼中便只有那一抹鹅黄。

而她自是在心中默念："陌上人如玉，公子世无双。"时间、空间、人、物……一切都已不再重要，她入了他的眼，而他却已入了她的心。自此，二人彩笺尺素表意、鱼雁鸿书传情，郎有情来妾有意，于是两人相互许下了终身。

在男子进京赶考前，女子将一枚插在头上的发簪赠与他，并随簪附上了几行小字："君当作磐石，妾当如蒲苇，蒲苇纫如丝，磐石无转移。"他把初遇时的那柄折扇给了她，只轻轻说道："等我！"

斗转星移几度寒暑，她日日思君不见君，未曾负过相思意，终恨相思催人老。她望着手帕上咳出的血，自知时日不多，心有戚戚焉，入目皆悲凉。她终究没能等到他前来迎娶她，就在他衣锦还乡的前一晚，她握着那柄折扇，一口血喷在了扇面上，把画上的小鱼染得猩红，而她苍白的脸也失去了最后一丝血色，扇落芳魂散，人归九重天。

待他赶到时，只见到了那柄血迹斑驳的小鱼折扇，他还是一样的青衫，一样儒雅俊逸，可是身边却少了那一抹鹅黄，少了那个明眸皓齿笑带星月的她……人面不知何处去，桃花依旧笑春风。

有一个声音旁白道："这宿世的因果皆有缘法，我们往前看。"——放生池中有一条红色的小锦鲤，在优哉游哉漫不经心地摆动着灵巧的尾巴，小锦鲤日日在佛前听高僧讲经说法，也是通了灵性，沐浴香火数百年竟修得了人身。

她初化人形的那日祥云四涌，万道霞光包裹住了寺院的每一片瓦。夜里池中的莲花下泛起了虹光，正在添灯油的小和尚看到此景好奇地凑了过去，顿时惊得合不拢嘴，只见池中的小鲤鱼竟变作了一个女童模样。

月华初现，皎洁的月光泼洒在二人身上，好似给他们镀了一层银光，小和尚有些不知所措，怯怯地问："你，是人是仙？"

"我是小鱼儿，嘻嘻。"少女银铃般的声音传入小和尚耳中，他觉得那就是世间最美的声音。

从此以后，每一个寂静无声的夜晚，小和尚都会来到放生池前与小鱼儿一同看月亮，仿佛这是他们之间的默契和约定。

山中无甲子，人间日月长。这样寂静欢喜而又安稳的日子不知道过了多久，小和尚也长大了，法名"缘觉"，小鱼儿却一直只叫他"小和尚"，似乎"缘觉"是僧人，而小和尚却只属于她。

一日，小鱼儿问："你说，我们这样是不是就叫青梅竹马？"

小和尚心头一颤，慌忙双手合十念道："阿弥陀佛！"小鱼儿问："你一定要受戒吗？佛在哪里？我又在哪里？"小和尚依旧不语，只念佛号："阿弥陀佛……"

小鱼儿噘着嘴有些生气了，转而狡黠一笑道："你跟我念好吗——皈依佛，皈依法，皈依僧，皈依小鱼儿。"

小和尚痴痴地望着她：眉黛春山，秋水剪瞳。他迷乱了，他知道自己再也不是从前的自己，知道自己这辈子是修不成佛了，自己遇到了劫，情劫！他按住怦怦乱跳的心，只是傻傻地跟着念："皈依佛，皈依法，皈依僧，皈依……"最后一句却只能在心里默念，口中仍旧只念"阿弥陀佛"。

"我……明日我就要受戒了……""我知道了！小和尚，你要记得我的模样，来生可要凭此相认的哟！你若是认不出我，我可要恼的。"小鱼儿流着泪，微笑着说道。

缘觉主持圆寂时，在放生池前默念了一晚上，没有人知道他在念什么，除了这池中的石鱼……或许他也只是在完成未了的心愿吧！"皈依佛，归依法，皈依僧，皈依小鱼儿……"

眼前的景象突然间变得模糊，然后又逐渐清晰起来：一个戴眼镜的儒雅男子在机场接到一个女孩。两人初见着了却不如电话、邮件里那么放松，彼此间有一些陌生的疏离和拘谨，还有一些隐隐的羞涩。

于是女孩独自喝完了一瓶红酒，将醉未醉中靠在男子肩头，对他耳语："我住长江头，君住长江尾。日日思君不见君，共饮长江水。此水几时休，此恨何时已。只愿君心似我心，定不负相思意。"

男子感到这场景有些似曾相识，却又无处寻觅，似乎真的在什么时候经历过一模一样的场景，无论对话还是接下来的语言都似乎在照着一个剧本在演，而他却记不起大段的台词，只有零星的碎片闪过脑海，他决定不再去想。

此时，女孩幽幽地说道："你说人有没有轮回？我怎会有一种经历过刚才这一切的感觉，包括我现在说的话，还有我接下来要说的话，我仿佛都是知道的，都是只有说了才会恍悟。你说，这是不是前世的记忆碎片？"

男子暗自惊诧，不言不语，只是牵住了女孩的手，犹豫着说："我送你一个钻戒吧！"女孩心花怒放，但羞于作答，而男子亦不再提及。

在午夜的微醺中，他们出了一个酒吧，又进了另一个酒吧，却都没有再喝一滴酒，最后在一个 KTV 流着泪默默到天明。明天女孩就要走了，女孩只觉心中无比感伤，莫名就是想哭，就连她自己也颇觉奇怪，为什么泪腺如此发达，泪水如决堤一般倾泻不断？为什么心中如此悲凉，宛若生离死别？为什么如此依依不舍，仿佛一走就是天涯两端？

在机场，女孩把头埋在男子肩头，泪水打湿了他的白衬衫，低下头，男子看着泪如雨下的女孩，心中是不舍的，但是他认为过不了多久女孩还会再来，对女孩的这种类似诀别的表现，有些木木的不明所以。

可是他不知道，其实女孩是多么想要男子对她说："别走了，我娶你！"如果男子这样说了，她肯定会不顾一切地留在男子身边的。可是最后她终究没有等来男子的那一句话。女孩还是走了，她不敢回头，怕一回头就不舍得了。挥手作别的那一瞬，女孩隐隐觉得自己丢了些什么，也许丢了就永远也找不回来了。

此后男子依旧忙碌，女孩每天都在患得患失中悲春伤秋，折磨着他也煎熬着自己，也许每一个陷入恋爱中的女人都会如此吧，会变得有些作，有些不可理喻而又低入尘埃，可是尘埃里哪又能开得出花呢？其实这一切的作和无理取闹，终归不过是想引起他的重视，想要得到他的偏爱罢了。

女孩想让男子来看她，羞于启齿就发了一条短信给男子："你送我离开千里之外你无声黑白，沉默年代或许不该太遥远的相爱。"

其实女孩只是觉得男子不该太沉默，应该主动一些，骄矜地想要男子说些好听话给自己罢了，哪里知道男子却只听得最后几个字"或许不该太遥远的相爱"……

于是两人渐行渐远渐无书，直至最后彻底失联，女孩用尽各种方法都是鱼沉雁杳，茫茫人海中又能上哪里去寻他呢？每每忆及此处，女孩心中都会隐隐作痛。

便是过了三生三世，便是再有了消息，也已是沧海桑田、物是人非了。男子跋山涉水，披满重霜；女孩暮夜垂眉，似水无痕。

他们已经回不去了，他们活成了彼此回忆中的那个人，而回忆里的人是不能去见了，她怕见了就连回忆也没有了，也许相见不如怀念，因为"一望可相见，一步隔重山"！

突如其来的寒意向我袭来，心里某个地方闪耀着光亮，却又那么冰凉。

我晃了晃脑袋揉了揉太阳穴，刚才这是梦吗？怎会如此真实？青衫公子与黄衣女子，小和尚与小鱼儿，白衬衫的男子与女孩，在似梦非梦的旋涡中不断重叠，原来他们都在三生石上刻下了誓言啊！原来他们都未曾忘记，原来他们的故事还在继续……

　　"说好了，你要记得我的模样，来生可要凭此相认的哟！你若是认不出我，我可是要恼的……"

文后旁白
　　以前一直认为自己应该是一个生在江南的女子，身着旗袍打着油纸伞走在悠长的雨巷中。或许是戴望舒的《雨巷》读得太痴，或许是那夜的雨令我心情潮湿，或许是那段时间单曲循环的歌是《渡我不渡她》……总之，我写了这一篇题目颇为俗气，内容亦幻亦真的三生三世。人真的有前世今生吗？如果有，那前世的我一定是穿行于白墙青瓦间，驻足于小桥流水处，端坐于乌篷小船头的那个女子，清丽高雅不染尘埃。每当大理下雨时，洱海就会雾气弥漫，像极了梦里的江南，我独行于洱海之畔，天青色等烟雨，而我在等你……

晓看天色暮看云

晚间十时许，起了风，注定这又是一个不能安眠的夜。

一场秋雨一场凉，一场风雨竟然从昨夜绵延到了今晨，瞬间浇灭了关于秋老虎的所有燥热和悸动，只剩得些许雨打风吹过后的萧瑟。

最近的我没有悲春伤秋的情思，没有笑看风月的雅致，亦是没有跟人唇枪舌剑的趣味。每天心中满是安暖，每天心中怅然若失，每天混混沌沌不知道在为什么忙碌。只有在夜深人静的夜晚，翻几页催眠的小书时才会瞥见自己的苍白与浅薄；只有在半梦半醒睡眼迷离的午夜，打开手机偶然遇见一句扎心的句子时，才会感到心在猛烈地收缩；只有在漆黑的夜色中，独自静坐一隅才能体味喧嚣过后的沉寂……

很多时候我也爱读些轻灵温润而又沁入人心的小诗：

晓看天色暮看云，行也思君，坐也思君！

春赏百花冬观雪，醒亦念卿，梦亦念卿！

那种纯纯的思念，写来干净淡雅清新隽永，读起来令人不禁为之动容，不禁莞尔抬眼远望，目之所及皆是安暖皆是温柔……

这样轻灵恬淡、情意缱绻的句子是出自哪里呢？

其实"晓看天色暮看云，行也思君，坐也思君"这一句出自明代唐寅的《一剪梅·雨打梨花深闭门》，是的，就是那个被演绎得风流不羁的唐伯虎所写的。第二句想必是有心人续接上的。无论如何，我都是喜欢这两句小诗的，也喜爱极了那种细水长流般的感怀。说到唐寅的词，想来该把整首词放到这里，与大家一起赏析才是，全词如下。

雨打梨花深闭门，孤负青春，虚负青春。赏心乐事共谁论？花下销魂，月下销魂。

愁聚眉峰尽日颦，千点啼痕，万点啼痕。晓看天色暮看云，行也思君，坐也思君。

这首词是唐伯虎以女子口吻所作的一首闺怨词。这首词的佳处不只在于词句之清圆流转，其于自然流畅的吟诵中所表现的空间阻隔，灼痛痴恋女子的幽婉心绪更令人心动。唐寅轻捷地抒述了一种被时空折磨的痛苦，上下片交叉互补、回环往复，将一个泪痕难拭的痴心女形象灵动地显现于笔端。

其实读了整首词的详解，瞬间就没有了那种如清风徐来的气定神闲，更没有淡如云烟的波澜不惊，有的只是悲凉和哀怨，有的只是无奈和辛酸，最后徒留一声叹息！

这首词是唐寅写给沈九娘的。唐寅其实并不像坊间传说的那么风流，他对沈九娘十分专情，沈九娘病逝在唐寅的怀里。在沈九娘病逝后第三年的忌日，唐寅写下了这首词。

"晓看天色暮看云"，是对一个逝去灵魂的幽幽相思。

太过沉重的情思会把我的心打湿揉碎，可是我却像有自虐倾向一般，独独偏爱并搜寻着这种足以令人泪目的言语。也许这就是不可理喻更是无法解脱的宿命吧！

原本并不想打破那种闲适淡雅的氛围，只是单纯地喜欢那两句话而已。倘若仅仅只说"晓看天色暮看云"，这或许是最美最为含蓄的情话了吧！

可是在贴出整首词后，当初的漫不经心陡然化作了抹不开的哀婉，这也非我所愿，只是我想直视太阳，而阳光却刺痛了我的双眼！是的，枕头要经常换，因为上面沾满了辛酸的泪和发霉的梦想……

我想在一个风雨交加的夜晚，独坐孤灯之下，为重洋那端的一个他，写一封缠缠绵绵一百二十七页的信。

我想在一个阳光明媚的清晨，放着很响的歌，穿着他宽宽大大的睡衣，为他煎五个单面煎的鸡蛋。

我想跟他去明朝弘治九年的夏天、去白下桥的第二个桥墩下，拉着他的手，采下一个莲蓬送给他……

思君如梦，见字如面。他的前世曾经在我的世界里。如今他挥别了曾经的世界，我依然觉得他就在哪一座都市天空、就在哪一片云中缥缈。天空辽阔，羽翼稀薄，我看不见他的影子，晓看周游，暮问流云，我感觉到他的存在。于是，每当风起我便可以思念，每当雨来我便可以托寄我的思念，他知道风从哪个方向来。但愿浅予深深，长乐未央……

晓看天色暮看云。我的朝朝暮暮你在何方？

文后旁白

　　我写下这一篇文字时，这句诗还不流行。我总喜欢念这句诗，给自己，给惦念的所有人。如今，在我写后记时突然发现，这句诗不知在什么时候如同那些网红脸一样，令人感到俗气。

　　我并非一定要保持一种超凡脱俗的氛围营造，而是我确实是难以融入，就连自己写过的文章都会厌弃。但是这是一个成长过程的记录，也是流年光阴的倒影，无论好与不好它都是我的过往曾经，我要试着接受自己所有的不完美并与自己和解。

　　我喜欢含蓄委婉的语境，也喜欢耐人寻味的平实。我极喜欢拍大理的云，看云时不知我可曾对你说过"晓看天色暮看云"？不知那天的云可曾记得……

　　1505年，三十六岁的唐寅和沈九娘结婚了。在沈九娘无微不至的照料下，生活慢慢还原了本来的滋味，两人婚后仍以卖画为生，有善解人意的沈九娘经手生计，虽清苦，亦足乐。从唐寅这段时间的诗作"酒醒只在花前坐，酒醉还须花下眠""花前花后日复日，酒醉酒醒年复年"等，透着一点儿小得意和小满足的句子看，此时他是深感幸福自得的。

　　家里有个女人到底不一样。不久，唐寅竟有余力用卖画所得建起桃花坞里"桃花庵"，并与沈九娘育一女，

184

唤作桃笙。茶饭香暖，花舍离离，妻子儿女，环绕身前，日子过得闲适，自是怡怡忘年。

可是厄运死缠唐寅，尚且不肯放过他。仅仅过了六年半好日子，年仅三十七岁的沈九娘因操劳过度，忽然去世了。这年唐寅四十三岁。他已经不敢设想，还会被命运的巨轮碾压到连残喘皆不可的地步。经历人生的重重叠叠苦痛之后，再猛然夺取仅有的几年安稳日子，唐寅会有怎样的心情，我无法设想。或许他来人世一遭，就是要痛苦地一一送走身边的曾经陪伴的过客吧！

错过了樱桃

从过完年到现在，新的一年已然过去大半，还来不及写写四月的春风，转眼就到了五一。流光容易把人抛，这日子似乎不该叫日子，而该叫月子。

五一节向来算是春夏的分界线。过去的时间就是过去了，不能用新来的时间顶替。就像那把摔破的吉他，再也听不到那原来的音色。

昨天我想约人打麻将，想着跟邻居们打个天昏地暗，拼个你死我活，因为我一直坚持屡败屡战，所以她们都认为我是个做事有恒心、决心的人。不料五一节于一方古城如此无感：不上班的人要加班，没家累的人要访亲，无奈三缺一，我只好作罢，联系了向来更加荒废青春心不在焉的妹妹。妹妹提出去摘樱桃，我立马举手同意。

于是一行人踏歌而行，到了栽种本地樱桃的山下，只有一条狭窄的土道蜿蜒至山顶，看到络绎不绝的车辆上山，我们都认为这大概便是樱桃最多的地方了，于是跟着车流缓缓而行，在入口处一眼便看到了"××大妈樱桃园"。大大的招牌、大大的字扑面而来，像是直接砸进了眼睛里。

路面没有硬化，走在前面的车扬起了漫天的灰尘，像有人扔了烟幕弹一般，把我们尽数淹没在这灰尘当中，跟在我们后面的车亦是与我们同感吧！大家都在这尘土飞扬的小道上寻找着心中的那一片红樱桃。

一路上有五六家带樱桃园的农家乐，走过了七八块广告指示牌，我们不曾停留，只想着最初看到的那个广告，皆因"大妈"两字可圈可点，着实撩动了我朴质的心扉，心中就打定主意去这一家。

这路委实难走，一路上我们停下好几次，犹豫着要不要继续前行，最终还是决定去第一眼看到的那个大妈家。风尘仆仆，车窗如霜。我在烟尘深处一如南瓜车上的灰姑娘，默默地给自己安慰，想着只要到达目的地，"灰姑娘"会秒变樱桃小丸子。

到了山顶处，终于看到了这位大妈的樱桃园，只是这樱桃园须得顺着一条小道下到谷底，到了谷底竟然没有停车的地方，只能把车停到路边斜挂着。

到达目的地，这一路的疲惫瞬间消失殆尽，之前的疲累与最诱人的樱桃相比根本算不得什么，于是我们立马都满血复活了，穿过几间低矮得像鸡舍的小白房子之后，我们来到樱桃园的入口。

从入口向里张望许久，竟然没有见到一处挂有红艳的果子，心中隐隐有种不好的感觉。入口处站着一个五十多岁的胖大妈，戴着脏脏的头巾，圆圆的脸庞被高原的太阳晒得黝黑发亮，嗓门很大，中气十足，显得十分油腻。

我问她："里面樱桃多吗？樱桃树远不远？"

她只回答："里面人很多，山顶有樱桃树，入园费每人三十元，摘到的樱桃二十元一斤。"樱桃多少、路有多远，两个问题被巧妙地回避了。

见我犹豫着想走，她转了转小小的黑黑的眼珠，跟我说："看你是本地人，入园费一共只收你们五十元，已经很便宜了。"听到这里，我所有想离去的理由都被打消，十分开心地交了入园费，我们几个人就进去了，甚至还喜滋滋地觉得自己占了便宜而暗自高兴呢。

可是一进去，我就感觉不妙了，这都什么呀，里面的人全是一个公司的，五六个人围着一棵樱桃树，树上零星挂着几颗樱桃，而这些樱桃要么小得像米粒似的营养不良，要么在树尖，正常身高的人都够不着，要么酸得让你一整天吃不了任何东西……

想着这一路的尘土，想到大妈的广告和她那狡黠的目光，我立马叫上妹妹他们走了。转到入园口，大妈又在蛊惑别人进园，我气不打一处来，理直气壮地大声跟她说："我不摘了，你还我入园费！"

她估计从没有遇到这种情况，先是一愣，转而对我说："你下次别来了，浪费我时间又占我车位。"

我直视着她，说道："我车没有停你的停车场，停路边了，你把钱退我！"

她见我说着本地方言，而且态度坚决，也就没有再继续说什么，转而把钱退还给了我。瞬间我内心充斥着一种胜利的快感，与这钱无关，我感觉我勇敢地维护了自己的权益，我不是软弱无能的，这种自我肯定于我很重要！

我发现我们这里这种小樱桃其实果期很短，现在都已经进入尾声了。于是决定下山，路上被堵了两个小时，又热又闷，令我恶心想吐、烦躁至极，所有人的手机突然没了任何信号，简直是屋漏偏逢连夜雨。

最终，我们一行人灰溜溜地下了山，真的是灰，全身从头到脚每一根毛孔都布满了灰尘。是的，我们下山了，因为我们像极了故事里的那只小猴子，以为最好的、最大的总在最后，以为下一个樱桃园会更好，结果就是我们和小猴子一样，两手空空地回去了。

此次出行，我先是意料之中变成了"灰姑娘"，然后意料之外没变成樱桃小丸子，最后不折不扣地做了一回小猴子，但愿以后不要再重复这尴尬的故事。

其实也就是因为"亮晶晶"的寂寞，驱使我去做了这件无聊的尴尬事。也许今天的寂寞太过浓烈，使我把快乐的期望值调得太高啦！一直想要最好的，一路都是遗失的美好。

回家的路上，还是满满的车辆，我的难过在车缝里一路飘洒，难过不完全是为了几颗破樱桃，而是为了曾经擦肩而去的错过。

总是这样丢得干干净净才想到别轻抛，总是这样直到看不见身影了才知道回想。妹妹兴致还好，一路好像还说了不少话。我一直趴在车窗边，任性地让心情无边无际地蔓延。两眼定定地不知道看啥，就是不太想说话。

愿你三冬暖

　　我总是习惯于踽踽独行，即便置身于人海当中，也会从内心涌起更深邃更悲凉的孤寂之感。这或许与我的性格有关吧！或许我人生的底色本就注定了悲凉吧！

　　都说"离群索居者，不是野兽就是神明"。

　　我并未真正意义上地离群索居，我只是画地为牢不想再去虚妄的欢腾中找寻什么了。所以我注定既成不了野兽，更做不了神明。我只能在夹缝中备受熬煎。当你在黑暗中挣扎的时候，连你的影子都会离开你。心之何如，有似万丈迷津，遥亘千里，其中并无扁舟可以渡人，除了自渡，他人爱莫能助……

　　可以栖息的地方，无处安放的不只是青春，还有我们漂泊无依的灵魂！

　　悲欢常在，风雨未歇，不知不觉，已是落花成冢，走过去，仿佛踏碎了过往前生。"何须更问浮生事，只此浮生是梦中。"说得了许多故事，讲得透许多道理，那是因为总是抽离了自身，并未沾染上半点儿凡心。可是当事到临头时，谁又能够做到风烟俱净、笃定思远呢？红尘路远，怎么走都是天涯，我们终生寻寻觅觅的或许并非远方，而是灵魂。

至此我才明白，一开始看似平顺，实则是暗藏隐患；一开始的鲜衣怒马，往往是祸根深种。享受了超越年龄和福报的东西，势必要承受超越自身承受能力的痛苦。

文字可以清婉淡然，可是人却做不到通透释然，总是在一种极端的情绪中噬心蚀骨地煎熬挣扎。有的人是劳身，有的人却是炼心！

当你于暗夜中悲号，被深渊吞噬，挣扎在生死边缘时，没有人知道你的绝望与窒息。他们只会说你矫情，只会讥笑地嘲讽你脑子有病。

当你挺过去了，面对这一切厄运轻描淡写地说"我还好"的时候，没有人知晓，这轻飘飘一句"我还好"的背后，是怎样的血肉模糊、千疮百孔！

于梦中总是想对梦中人说些琐碎而不着边际的话，徐志摩说："我懂你，像懂得自己一样深刻。"于是总有一种心痛，发自内心深处的心痛，或许没有了这种心痛，就没有了懂得，没有了慈悲，那么也就什么都不剩了吧！

很多年前就读过一本叫《秘密》的书，这是当时很流行的读物，很多人会花好几万元去参加那种学习课程。我不知道为什么会有那么多的人热衷于此，也不知道具体的课程是什么样子的。我只记得这本书的名字，并且认真地读了一遍。

其实书中所讲的就是一个"吸引力法则"。我跟一个朋友聊天时常常感叹："是怎么样的神奇力量，才让我们相遇啊！"

我与她有太多的相似，太多的相通，或许在红尘中寻找纯粹，本就是缘木求鱼、南辕北辙的事情吧！或许终有一天，南墙，我撞了。故事，我也忘了。

有的时候，我会把时间当作我的恋人，在每一次时间离去的瞬间，明知道过去了就不会再来，脸上巧笑嫣然，心底泪流满面，就是舍不得。

2020 年像个旅途中的倦客，背着他的行囊，带着他的节奏，他突然就来了，又突然就走了。

2020 年只剩了一天，眼睁睁地看着 2020 年意气风发地走来，步履蹒跚地谢幕。

曾以为你是全世界，但那天已经好遥远。

2020 年累了，

2020 年老了，

2020 年走了。

时间绝情，是永远不会回头的，

而我静静地看他走过。

2021 年，就这么开始了，

于是，想起了那首歌词——

愿你三冬暖，愿你春不寒；

愿你天黑有灯，下雨天有伞；
愿你不孤单，总有良人相伴。

愿你所有快乐，无须假装；
愿你此生尽兴、赤诚善良；
愿时光能缓，愿故人不散。

愿有人陪你颠沛流离；
愿你惦念的人，和你道早安；
愿你独闯的日子里，不觉得孤单。

在水一方

我在水一方
等风
等雨
也在等你

你说，你有一程山水的奔赴
我说，我有一院枯槁的清秋
难道
你我真如星河参商
生生站成了两岸

风过
雨歇
却不见你来

望断了山河岁月

望穿了今生今世

只剩得禅是一枝花

任凭

风吹雨打

独自萎谢

春将入夏，恍若一夜间，所有的景致渐渐热辣起来。春日那些清寂温良的时光已远行成过去的故事；心底那些个素白的小清欢亦渐趋热络。行走在光阴路上，细心收藏着风轻云淡、静水流深，将内心的宁静，折射成眼眸的清澈，定格岁月静好的模样。那些有爱暖怀的时光，花香弥漫，情深倾城。心心念念的牵挂亦是一道美丽的风景，静守着晨曦暮色。一步一驻足中，那些繁华中的喧嚣都已淡忘，而你钟情的那檐馨暖从未走散。若温良贞静的时光如是，携手共赏夕阳西下彤云晚霞，细数经年所有美好，精心在心底沉淀成一帧永远的画面……

逝去的岁月，蕴含着简静澄澈的美，唯有用心品味和感悟，方可真正享受它的恩慈。野花的绚烂，微风的飘逸，皆是光阴中美的馈赠。尘世间匆匆的脚步，印下了或清晰或模糊的故事底片；行走于桥头水畔难免会经历雾失楼台月迷津渡，坎坷挫折，然而心中的美好，眸底的清澈，终是我们抵达馨暖的补给。为自己的山河岁

195

月多收集些美好，岁月便少一些薄凉。生命的最后，不一定拥有繁花似锦，而是拥有一泓丰盈平和的心境。

静静如溪，似空渺临水，岁月中凸起的烦嚣，渐隐至红尘，一路欢歌的岁月清欢，在旷然的思绪里浅浅荡漾。安静，指间不经意遗失的一枚青果，宛如温善女子弯弯蛾眉下的一朵莞尔浅笑，从不张扬，也无浮躁，踽踽独行于青山绿水间静静地迎接风雨。那些爱的轻唤低喃，是纯情女子心底珍藏的一道道青涩情感，缓缓地，在远山的静寂中旖旎而落，如漫长岁月里流淌的一泓清水，忽而走过，便晕染了开在路旁的朵朵野花。

每个人的岁月山河，总有一些风景令人迷恋忘返，总有一些记忆挥之不去。当岁月的风烟卷走了浮华，沉淀了喧嚣，过滤成千帆过尽后的安然，那些曾经阵痛铭心的过往，都化成流年微温的记忆，在生命长卷上兀自芬芳旖旎。

每个人的山河岁月，都会有步履匆匆，不妨放缓急促的脚步，轻轻梳理纷扰烦琐，咀嚼回味光阴中的缤纷绚丽；在心灵的花园，植入疏密有致的畦畦馨香。

于清晨微露中低眉，收藏花开的美好；抬眸，记录下清风拂尘的飘逸。在心间敛入几缕凡常清欢，在琐碎烟火里追寻心灵的皈依。听一段高山流水的轻吟，阅一卷醍醐灌顶的墨迹，品一盏素淡沁脾的香茗……

原本只是随口写了几笔清淡无痕的小诗，想弥补自己连日里的懒散，可是似乎太短的文字无法在原创公众号中发布，于是有了后面的补白。说实话，这些补白文字很美，缓缓似繁花次第盛开，皆为网络美文集锦，实际的营养还是在诗句之中。虽说我的小诗和顾城的很像，也和卞之琳的很像，但是我确实没有看过他们的诗。并且我的小诗在补白面前似乎有些黯然失色了，可是这又有什么关系呢？补白的出现其实只是为了垫衬小诗而已，一如有的人的出现是为了另一个人的到来……

蒹葭苍苍，白露为霜。所谓伊人，在水一方。
溯洄从之，道阻且长。溯游从之，宛在水中央。
蒹葭萋萋，白露未晞。所谓伊人，在水之湄。
溯洄从之，道阻且跻。溯游从之，宛在水中坻。
蒹葭采采，白露未已。所谓伊人，在水之涘。
溯洄从之，道阻且右。溯游从之，宛在水中沚。

万年欢

万年欢，万年欢。

千古相思分两半。

一半为念，一半是为贪。

夺 舍

　　她又在喝酒了，已经喝了一瓶红酒了，现在正在打开第二瓶。或许她喝多了会打电话，或许会独自一人蜷缩着哭泣，一直哭到坐着睡着……

　　通常这时我会走近她，凑到她脸上，看看她还有没有鼻息。然后趴在她的身旁，就这样静静地以一种慵懒而优雅的姿态，以一种鄙夷和冷清的神色，看着我的主人，同她一起没入这无边的黑暗之中。

　　她是我的主人，一个常常在午夜崩溃、白天大睡的女人，一个手和脚都染着猩红指甲油的女人，一个会带着我陪她吃火锅的女人……

　　或许我的记忆已经出现偏差，我竟然记不得我是什么时候被她带回来的，也不知道我为什么不同于其他的猫，我听得懂人类的语言，也许我也会说，可是我从来没有试过，也并不打算开口说人话吓到她，更不想把自己与她都置于危险的境地。我是一只聪明的猫，我知道人性的贪婪，也知晓人性的弱点，毕竟"匹夫无罪，怀璧其罪"！她其实很孤独，像我一样孤独。

对这些不速之客，我通常连眼皮都不会抬一下，我的主人说这一点我很像她。其实我觉得，是她像我，而不是我像她，这又有什么区别呢？她一会儿在那里笑，对着手机傻笑，一会儿又有些惆恼，更多的时候她不动声色，却从眼底渗出几近绝望的忧伤。我知道她为什么这样，因为我不但能听懂人类的语言，我还能听得到人类内心深处真实的声音，我的主人已经把药停了很久了，但是很显然现在她需要吃下一片粉红色的药片，然后好好睡上一觉了。我已经眯着眼观察了她一个星期，我知道她的不悲不喜是一种压抑，更是一种爆发前的空白。

　　看着她日渐尖削的下巴，我在想她究竟是什么时候变得越来越有狗的特性了呢？是因为那个男人吗？或许吧。我也试着代入她的那种情思，可是却触碰到了一阵冰凉，不想再继续探究她的内心隐秘了，我知道，好奇害死猫。越是好奇，就越是有一种抓心挠肝的本能驱使着我去窥视，去触摸，哪怕这会令我万劫不复，哪怕这将使我灰飞烟灭……她开始因为那个男人的一句话、一个眼神而开心一整天，也会因为那个男人一整天没有一条短信而黯然神伤。接着，他们开始有了争执，只有在这时我才能看到她低头的样子，或许令她低头的不是强硬的力量，而是一种传说中叫作"爱"的东西吧！这难道就是"那一低头的温柔"？抑或是"低入了尘埃"？我不知道，我只是一只猫，我的主人才有那么复杂的情感，我只是冷眼旁观。

　　她开始关心粮食和蔬菜，细致到那个男人的内裤和外套。我越来越不理解她了，分明是和我一样冷清的主人，为何突然变得这般温情？再后来，她开始猜疑，而那个男人也开始躲闪；她越发黏人，他却想奋力出逃；她说情绪低落，他说早点儿睡觉。一个独自撕心裂肺，一个自感无关紧要；一个想要安慰，一个认为胡搅蛮缠；一个醋海翻滚，一个只说不可理喻……

主人的痛苦我是能体会的，因为我们心灵相通，面对那种蚀骨灼心的焦躁，我也别无他法，唯有不声不响地陪伴。"陪伴是最长情的告白"这种土味烂俗的情话，高傲如我从来都是不屑的，可如今看来还是觉得有些许道理。

我看到了故事的开头，却没有猜到结尾。在一个风和日丽的午后，我的主人吃了药，安静地睡了。不再痴狂，不再疯癫，只是那样安静温柔地睡着了，也没有再醒过来，她吃了整整一瓶的药，或许她只是累了吧！我躺在主人尚有余温的身体上，我终于想起来了，猫有九命，给她一命我还有八条命。很好，明天我们又可以一起去垃圾堆旁喂流浪狗了，如果有人在，肯定会看到一只嘴角上扬正在微笑的猫咪，诡异而温馨。

怎么回事，我怎么变成了我的主人？抚摸着那已经僵直冰冷、一动不动地躺在地上的猫咪，无数的记忆如潮水一般涌向大脑，我感到一阵阵头晕目眩，我竟然忘了，猫虽有九命，可这已经是第九次了呀……

那天我喝了一些酒，却怎么都睡不着，于是起身打开电脑。窗外传来一声猫叫，我拉开窗帘看到院子里有一只橘猫在试图抓我鱼池里的小红鱼。看着它那急切的样子，我颇感有趣，于是拿了火腿肠想去喂它，岂料它一见我走近就跑了。于是我悻悻地回到屋里，低头时看到自己脚指甲上斑驳的红色指甲油，于是又倒了一杯酒，一边喝着酒一边给自己的脚指甲涂指甲油，就这样消遣着这静谧的独处时光。

我从未做过美甲，也不喜欢在手上涂指甲油，但是无论春夏秋冬，我都会在脚趾上涂红色的指甲油。看到脚指甲上艳丽妖娆的颜色，心中会生起许多浪漫的情愫。

不知不觉酒有些上头了，恍惚之间，一个故事闪现于脑际，我便将之记录下来。我并未有任何构思，只是凭着本能在写字，行文竟是出奇地顺畅。或许这一切曾在梦中发生过，而我只是在说梦话……

红粉骷髅

　　凉生自幼丧父，母子二人尝遍世间冷暖，历尽人间辛酸，好在处在贫民窟中，穷人对比自己还穷的人总是有着一种天生的怜悯和同情，这或许就是人性的善良底色。在邻里的拉扯帮助下，母子二人总算如蝼蚁一般活了下来。虽说是家无隔夜粮，身无换洗衫，凉生却生得面如冠玉，仪表堂堂，天生一副俊俏模样。加上他天资聪颖，行事勤奋谦逊，又主动承包了隔壁教书先生家里的所有脏活累活，从而得到了一个旁听的位置。他抓住一切学习机会，几年下来不仅能识文断字，出口成章，更成了科考最有希望的人，自然也成了教书先生的得意门生。

　　眼瞅着凉生也到了适婚年龄，可是即便有姑娘中意于他，他那吃了上顿愁下顿的家底，加上卧病在床的老娘，谁家又肯把闺女嫁给他呢？邻居都说他投错了胎，本该投胎富贵人家做个翻翻公子哥儿，怎料却偏偏落到了这么穷困潦倒的家中，大家一边为他遗憾叹息，一边积极帮着张罗找寻合适的人家。城南张员外家的独生女看了媒婆送来的凉生画像后，对他一见倾心，芳心默许，并告诉父亲非凉生不嫁。张员外是锦州城赫赫有名的商贾巨富，商号开遍了锦州城，只是虽广纳妾氏却人丁不旺、子嗣稀薄，中年才得一女，为正室所出。张员外对此女自是视若掌上明珠，予求予取。他认为"女子无才便是德"，所以并未请先生教授爱女诗词歌赋，只让她跟随女红师傅，习得一手巧夺天工的女红本事。

到了婚嫁年龄，张员外想与官宦人家结亲，怎料得不通琴棋书画又相貌平平的张小姐成了圈中笑料。也有上门提亲的富庶人家，但都带着几分莫名的讥诮，羞愤难当的张小姐也自是不愿向下屈就，把一众媒人拒之门外，转眼便是误了花期。张员外急得如热锅上的蚂蚁，最终答应张小姐让她自己亲自挑选如意郎君，于是张府的门槛都要被重金相托的媒人踏破了。无奈张小姐对数百张画像无一满意，却偏偏对凉生心生情愫，或许这便是"一见钟情"的本意，或许一见钟情只是一种无关性别的"见色起意"。媒人前去凉生家道喜，说是即便张小姐大凉生几岁，也无关紧要，凉生能攀上这么好的亲事，那是前世修来的福气……

就在此时，凉生的母亲病逝了，缠绵病榻三年之久，终是熬不过这个冬天，凉生得了张家资助厚葬了母亲之后，便了无牵挂地入赘张府。

张小姐对风流倜傥、满腹经纶的凉生，自是百般柔情、千般蜜意，而凉生虽觉得张小姐相貌普通、寡言少语，却也对她体贴入微、敬重有加。自从进了张府，凉生便跟着张老爷学做生意，每日都在翻看着细碎的账目，而他考取功名的念想也随着时光的冲刷慢慢地被湮没了。

几年后张老爷病逝，凉生接管了张家全部的生意，生活如白

206

水般平淡安稳，可是夫妻二人成婚多年竟无子嗣，遍寻名医终是无果。日子一如既往地平静，夫妻二人亦是相敬如宾，可凉生看着张小姐数年来毫无改变的妆发总是觉得，纵是举案齐眉，终究也是意难平。

或许所谓的"日久生情"只是一种懒于改变现状的习惯而已，有些东西像野火一样，已经在凉生心里种下了火种，一旦有风吹草动便会熊熊燃烧，直至烧成灰烬。

这一年夏天，凉生因为一笔生意要到外地，主仆三人一路舟车劳顿。这一日，本来月明星稀的宜人月色，转眼间一阵疾风骤雨继而电闪雷鸣，把凉生和两个随从困在一个破庙中。一切停止后，三人走出破庙，却被莫名而起的迷雾层层包裹，不见前路、寸步难行。

突然，一曲琴声忽远忽近地飘入凉生耳际，这时而渺渺、时而飘飘的琴声如泣如诉，拨乱了他的心弦，点燃了他心中的火种。他循声而去，望见了一缕微光。他如迷航的人见到灯塔一般，去往琴声的出处，可是这到底是指引迷途的灯光，还是诱人的地狱之火，又有谁能预知呢？驻足在院墙边，凉生恍惚地肆意想象着，那在高台上抚琴的红衣女子，其面纱下会有着怎样一张惊世容颜？此时月色朦胧，女子红衣似血，身段婀娜，琴声袅袅。这种种景象搭配在一起是那么妖冶迷魅，令人既心生恐惧又止不住欲念丛生。"欲将心事付瑶琴，知音少，弦断有谁听……门外何人？"一阵幽幽的女声传来。"在下凉生，迷路至此，多有冒犯，望小姐海涵。""来者是客，公子若不嫌弃，请到寒舍吃些姜茶以驱寒气。""多有叨扰，感激不尽。"凉生跟着一个丫鬟进到内堂，红衣女子的面纱被一阵突如其来的怪风吹落，凉生目不转睛地看着她，他的眼里此时便只有一片红，像极了吞噬万物的火焰，这片红蔓及心上，令他烈火焚心而不能自持。此时倘若告诉他这是地狱，他怕是也要义无反顾地踏步往前。原来，两个人的一见钟情才是人间值得！"公子？公子？"凉生回神自知失态，顿时面露赧色，低头饮茶。

红衣女子放下手中茶盏道："喝茶颇有些无趣，不如喝酒来得痛快，公子以为如何？"

"若小姐有此雅兴，小生必当作陪。深夜冒昧打扰本已是唐突之至，只是现下还不知小姐芳名……"

"执予。"

"我本官宦人家，随父亲离任江城，回乡途中遇政敌买凶报复，父母双双殒命。我与侍女小环为保清白含恨跳崖，或许是命不该绝，被一个进山采药的老神仙救起。可怜自己既无兄弟又无叔伯，一介女流孤苦伶仃，申冤无门，告状无路，当即变卖家中田产，与小环二人隐居于此地，日子虽孤寂却也逍遥。只是时时想起自己身世，不禁顾影自怜：身如浮萍无所依，心似浮云终惶惶……"

几滴清泪应声而落，执予长长的睫毛上也沾了一滴晶莹的泪珠，令凉生忍不住想伸出手去擦拭去怜惜，想将她拥入怀中。泪珠顺着她苍白的脸颊滚落到唇边。魅惑红唇沾染了剔透的泪珠，衬着风中凌乱翻飞的红衣，性感妖媚迷幻尽在夜色中翻滚，令凉生失了魂魄，迷了心智，彻底沦陷，分明就是你要勾魂，我也要夺魄……推杯换盏之间，执予即兴起舞，凉生吹箫伴奏；凉生醉眼迷蒙、心神荡漾，执予眼波流转、巧笑倩兮、美目盼兮。一个温润如玉，一个翩若惊鸿；一个满眼惊喜，一个满目星辰；一个念念不忘，一个必有回响……酒是穿肠毒药？或许你才是，抑或是他们都成了彼此的毒药。那就用醉遮羞饮下这杯毒酒，不问前尘后事吧。望着秀发披散、酥胸微露的执予，凉生满眼都是火焰，直至燃遍全身，待到东方际白晓露初微二人方才沉沉睡去……

每日里凉生写字，执予便在一旁研墨；执予抚琴，凉生便以箫和之；执予豪饮吟诗，凉生必定附之……可是，如此良辰美景，如此琴瑟和鸣，如此只羡鸳鸯不羡仙的日子终是短暂的。

离家数月未归，家中发妻已遣人来寻。凉生苦恼纠结着怎么跟执予开口，一边是多年的三餐一宿，一边又是梦中的可遇不可求，他不知道该如何是好，他只想着"世间安得双全法，不负如来不负卿"。或许"来如春梦几时多，去似朝云无觅处"，这终将不过是一段露水情缘罢了。

正在凉生左右为难之际，执予已收拾好行装，对凉生说道："我跟你走，莫要担心，将我安置于别处，有个栖身之所即可，有你一切都好！"

凉生心头一软，仿佛被什么击中了，他知道这种羁绊与纠缠注定是要生生世世，注定是要剪不断理还乱了，可他却是如此欢喜甚至是有些得意！回程路上，凉生一再嘱咐两个随从，不得在任何人面前提及执予。到了锦州城，凉生先将执予和小环安顿在客栈中，即刻寻找起合适的居所，终于寻到一处清幽雅致的院落。他便把执予主仆二人接到别院，只是告诉张小姐，自己要潜心苦读考取功名以圆夙愿，就此夜宿新置别院。

张小姐一边欣慰于夫君心存志远，一边又隐隐感觉原本就不亲近的两人距离更远了。既有欢喜，又有不安，夹杂着些许失落，这样微妙的情绪令不善言辞的她愈发沉默了。看着日渐憔悴的夫君，她只是殷勤地遣人送去食盒、衣物，以期通过这样的细致体贴让夫君感知自己对他的一腔真情。

虽然她看上去有些木讷但是并不蠢，她知道自己并不被自己的丈夫爱着，可是能够把自己深爱的人留在身边也就够了，爱与不爱又有什么关系呢？她要守住自己的幸福，留住自己的夫君，属于自己的东西谁动了都不行。因爱生猜疑，因爱生妒忌，因爱生不甘，大抵便是如此。

执予喜欢玫瑰，便在院子里种满了玫瑰，满院玫瑰娇艳欲滴，血红似火，于这冷清的僻静中透露出一种妖冶诡异的美艳。世间万物似乎都是如此，越美丽越致命，越是致命毒药越是令人欲罢不能。执予日日精心侍弄着这些骄矜的玫瑰，神奇的是这些玫瑰似有生命一般，不曾凋谢，反而愈发艳丽，如同自己……想到这里，执予眉头紧蹙，有一种隐隐的担心。

近日见到回家取换洗衣物的夫君脸色惨白，几近脱相，张小姐不禁担忧起来，于是找来上次与夫君同行的两个小厮前来问话，从一开始的支支吾吾，到前言不搭后语，再到跪地求饶，张小姐心中已经明了了发生了什么，她捂住发闷的胸口唤来丫鬟准备好参汤，亲自给夫君送去。

推开院门，满院似火的玫瑰映入眼帘，她顿时感到十分不适，在丫鬟的搀扶下才继续往前走。瞥见石桌上的纸鸢和写着几行小诗的灯笼，她识得这不只是夫君一个人的字体，而自己竟然只能勉强看懂上面的字，更遑论深解其意。这让她瞬间懊恼羞愤起来，却又无可奈何地发出一声叹息。

她隐隐听得一阵琴声，循声而去，透过纸窗隐约看见一个婀娜的背影，那抹红刺痛了她的心，更烧掉了她的理智。此时女子对面的铜镜，似乎模糊地映出一个骷髅的轮廓，不知道这镜子照出的是那女子还是自己。或许是自己眼花了，心也糊涂了。她用眼神示意丫鬟莫要声张，随后匆匆地离开了这个令她万分不适的地方。"小姐，刚才你为何要将公子灌醉，放她进来却又放她出去？"小环不解地问道。

执予幽幽地望着张小姐离去的背影，食指点住朱唇喃喃道："嘘——该来的终究会来！"像是对小环说，更像是对自己说。回到家中，张小姐立即让管家张贴告示，重金寻访有真本事的道士。不待告示贴出，青城山紫霞观的道长凌虚子竟然不期而至，这位道长仙风道骨，久居青城山，潜心修道炼丹，早已了却凡心，不涉红尘，不问世事，现如今竟然径自登门求访，这得是多大的机缘啊！张小姐急忙把凌虚子请入府中，神情凄切地对他说道："久闻道长霹雳手段，菩萨心肠，现如今我夫君被妖物所迷惑，恐有性命之虞，还望真人搭救我夫君！"

"小姐是如何知晓你夫君是被妖物所迷惑？或许是妖物被你夫君迷惑也未可知。小姐又是如何断定她就是妖物？"凌虚子悠悠道。

"夫君与我虽不是如胶似漆，却也是相敬如宾，若非有了她，夫君岂能对我弃之如敝屣，这魅惑人心的事，难道不是妖物所为？况且这是我看到的，眼见为实，我看到那红衣媚骨实为红粉骷髅。"

"眼见为实？小姐断定自己看到的是妖物而不是人心？"凌虚子问道。

"这……即便那不是妖物，也必须是妖物。我的夫君是我千挑万选的，岂能与人共享！"一向温良的张小姐，目露寒光，恨恨地说道。

"也罢，这世间万物皆有缘法，众生皮相皆是虚妄！"凌虚子拿出一瓶药水递给张小姐，又嘱她道，"我等言语你夫君定是不信，此物可令你所言妖物现形，到时他定自能明了。"是夜，凉生回家取一枚落下的戒指——这是凉生重金寻得，要送给执予的，那鸽血红的成色跟只穿红衣的执予很配，执予一定会非常喜欢的吧！他并不知道，这血红的宝石戒指已经被滴上了那蚀骨的药水……

"执予，你猜我给你带什么了，喜欢吗？我给你带上！"

执予微微一颤，深情悲凉而又贪婪地看着凉生，仿佛这一眼便是天上人间，仿佛这一眼便是生死诀别，种种不舍、种种哀伤、种种释然……她什么都没说，却什么都说了。凉生被看得有些发慌："难道你不喜欢？"

"很喜欢，你帮我带上，好吗？"执予微笑着转头擦了一下眼角。

散落满地的衣服、桌上倒落的残酒、雕花床上的合欢花……无一不散发出一种萎靡的欲念，似乎要将一切毁灭，似乎要将两个泥人揉成一个般销魂，似乎天雷勾地火般山崩地裂。

"啊！鬼啊！救命啊！"凉生一阵惊呼，差点儿失魂，然后落荒而逃……执予捡起地上的红衣披在身上，她摩挲着那枚戒指，随风飘飞的长发遮住了她半张脸，一滴泪滑过苍白的脸颊，一滴血沁入了那被黑发缠绕包裹住的半边白骨，她知道，该来的总会来的："若是要永坠阎罗，那就让我一人去吧！"

凉生惊魂未定地逃回家中，紧锁房门蜷缩于被中瑟瑟发抖。张小姐见状，知晓他定是见到了那骷髅本相，安抚他道："相公莫怕，我已请来神仙相助，明日午时定叫那妖物神形俱灭！"此时的凉生心中只有惊恐和慌乱，哪里还能念及昔日的半点儿恩情，回想相识种种，更是不疑这是执予的圈套。不，是妖物的诡计！怪不得自己最近总觉体虚乏力，别人也总说自己甚为憔悴。想到这些，凉生心中的恐惧化作了愤怒，怒火染红了双眼，只有杀意，不见温情……午时已到，凌虚子一行人来到别院。只见得院门敞开，执予悠然地抚琴于亭中，神色如常并无任何惊慌，似乎是特意在此等候他们的到来。凉生看到她手上的戒指，听到那熟悉的曲子，眼中的血色霎时褪去几分，可是她终究是妖物，是要害自己的，切不可心软让她逃了！

"道长，请速速施法灭了这妖孽，为人间除害吧！"张小姐看出了凉生的犹疑，催促道。

"等等，我有话要问！"

凉生眸光暗淡，对执予道："你我无冤无仇，你为何要害我？你的话有几分真几分假？"

"凉生，我未曾骗过你，只是跳崖之后我并未获救，仅剩得白骨曝日而已！得你日夜滋养，枯骨生肌，可我却不曾有半点儿

213

害你之心。"

"原来你就是为了吸取我的精气，还说不是要害我！"

"道长，请快些收妖吧！"

凌虚子问执予："不悔？"

"不悔，无悔！"执予默念。

转眼间，执予身后的玫瑰突然化作了熊熊大火，火越蹿越高，瞬间燃起了一片火海，把执予围住。执予淡然不动，素手拨琴弦，弹起了他们初遇时的那支曲子。一曲终了，她起身神色凄然地对凉生微微一笑，这笑容像极了他们初见时的模样，凉生的心像被什么揪扯了一下。

"凉生，要记得我叫执予！"说完毅然转身头也不回地走入火海，那么决绝，那么无悔……冲天的火光灼伤了凉生的双眼，也焚烧着他的心，他喷出一口鲜血径自倒地，这漫天的大火如红莲业火一般，足足烧了三天三夜，似乎是要烧尽这世间的所有罪恶，要焚尽这殊途的禁忌之恋，三千业火洗尽凡尘，三千情丝可曾斩断？！

"唉！你要为他续命，他却是要你性命啊！为情所困，世人皆苦！"语罢从废墟中捡出一颗红丹。

张小姐看着已昏睡三天三夜的凉生，万分焦急地在房里来回踱步，急切地等着凌虚子的到来。凌虚子把红丹交给她，让她喂凉生即刻服下，丹药入口即化，凉生转醒。

凌虚子道："你可知那妖物是何来历？"

"不是冤魂枯骨得人精血所化吗？"凉生道。

"非也，那枯骨实为其原身不假，可是万物有灵，枯骨亦可修得正果，唯心而已。执予实为因你欲念起而现身，我受人之托，此人亦非令夫人，而是执予。生死有命，凡人自是不能逆天改命，你本该命绝，奈何执予身受三千业火，淬炼骨血玲珑心，得一灵丹为你续命……"

凉生已听不清他的话语，整个人都是飘忽的，失神的，也没有感到疼痛，或是悲伤，只是呆呆地坐了一天一夜。直到第二天他似乎才感觉到心中有什么东西正在裂开，继而锥心的疼痛袭遍全身。他知道，那是执予经历过的，他知道，不说是执予最深沉的爱，也是执予最后的温柔……只是若是没有了那抹艳影，熙攘人间又与我何干？

次年春天，张小姐产下一女，食指处有一红印，形似烈火，艳若红莲……

后记：红粉骷髅，美女的贬称，红粉骷髅是以无常的眼光看待美女，打碎人们迷恋美色的迷梦，警醒人们美女最终也会化成骷髅。红粉，是指漂亮的女人，骷髅代表恐怖、可怕。粉红骷髅也叫玫瑰骷髅，就是说在迷人的外表下依然是骷髅本质，有修为的人看玫瑰就像看骷髅那样能看到本质的东西。

红粉骷髅在中国古代有两层含义，一是指利用美色迷惑男人，将男人身子掏空甚至致其死亡的女人。二是指拥有漂亮的外表，而内心狠毒，达到叫人恐惧地步的女人。孰是孰非？仁者见仁、智者见智！唯大爱方可度一切苦厄。

其实想写一篇以"红粉骷髅"为题目的文章已经很久了，可是总觉得怎么写都不合适。那一天依旧是我独自一人在湖边散步，我身着一袭红裙，手机插着耳机，漫无目的地听着列表里的歌。突然听到了音频怪物的这一首《百鬼夜行》，那样富有故事性和画面感的歌词，那种带有戏腔的曲风，着实令我迷醉。于是我开启了单曲循环模式，一个故事在脑海里逐渐成形。趁着有感觉，我赶紧回到家中打开电脑，一个人在堂屋里烤着火，一口气把故事写就，其间一动未动。故事写完，方才感到腰疼腿麻，其实并非我在写故事，而是故事里的人找到了我，来充当记录文书一般，从对话、动作到眼神，我竟如亲见一般，可谓酣畅淋漓！抬眼看看墙上的钟，已是凌晨五点，索性到厨房煮了一碗米线来安抚自己的胃。热乎乎的米线下肚以后，顿觉回了三分人气，心中甚为畅达，于是枕歌而眠：

"一回眸青色瞳里，映入了生人背影……"

216

一梦之遥

我很不爱逛街买东西。

我爱睡觉，更爱做梦。

我只想一直沉溺于唯美爱情片的甜梦里。梦境就如同让我手握着失控的遥控板一般，根本无力按下暂停键，只能任由故事情节按照它自身的逻辑继续下去。平时戴着墨镜都不敢想的好事，在梦里自由飞翔。

梦有黑白的，彩色的，也有五彩斑斓的，或许梦的奇妙与有趣也就在于这"不可控"吧。没有固定的剧本台词，没有固定的演员，可以穿越，可以架空，可以信马由缰任我行，完全是自由变化的，光是想想就觉得十分有趣。人生大义也好，心灵毒鸡汤也罢，今天统统按下不表，小逸只为你说说梦话……

前不久的一个夜里，做了个十分怪诞的梦。因此，我决定今晚不打家庭麻将，一定要把那个梦记录下来，毕竟愚钝如我总是相信"好记性不如烂笔头"。

那晚，骤雨疏狂，疾风招摇，待我入睡，依旧是凌晨两三点钟。因为有雨，心想着定会是一夜好眠，并未料想到会做这样的梦。

梦开始得很是突兀，并没有如电视剧或者小说那般，有一段开场白或者引子。一开始便是一个女孩子的一种心绪，既甜蜜又期盼，还带着些说不清道不明的忧伤，最神奇的是我竟然能真切地感受到她的所有心绪。

女孩子扎着两条粗粗的麻花辫，在一棵老槐树下读着一封信，时不时不由自主地咬着嘴唇羞涩地一笑，一会儿又紧张地环顾四周，生怕有人发现自己的小秘密，那种想要全世界都知道自己恋爱了，又怕被别人窥去了心事的复杂情绪，那种发自内心的愉悦欢快是藏不住遮不了的。都说怀才和怀孕是藏不住的，其实喜欢也一样！

是的，她恋爱了，此时此刻她正读着恋人写给她的情话，也许是一首小诗，也许是几笔涂鸦，也许只是琐碎的生活汇报，可是她却想把这爆棚的幸福感一遍遍地细细回味，舍不得漏掉一个标点符号。

她甚至觉得，那些标点符号比文字更有味道。这个夏天的风格外温柔，老槐树下的少女与这夏夜的繁星、草丛里的蟋蟀糅合在了一起，融成了一幅和谐舒展的画面。老槐树和我都知晓了女孩的心事，这种淡淡的甜蜜也在丝丝缕缕地浸润着我的心。此时的色彩依旧是茶色调的，可是气氛和心情却全然没有丝毫的压抑沉重之感，一切都很自然，一切都弥漫着欲说还休的少女心事，像极了初恋的味道，浪漫且羞涩，不安而甜蜜，期盼又害怕。或许这样一幅少女怀春图成了梦境中最为和谐舒适的画面。

镜头突然切换，他穿着一身黄布军装，踩在一把有着红靠背黑坐垫的旧木椅上，在黑板前全神贯注地用粉笔写着宣传标语，丝毫没有发现有人正透过木门上的玻璃看他。她轻轻地推开木门，悄悄地走到他身后，恶作剧地大叫一声："宁春远！"吓得宁春远一晃身从凳子上摔了下来。

还好，这凳子并不高，摔得也不重，可是即便如此，宁春远还是痛得"哎哟，哎哟"直叫唤。眼见着偷袭成功，她在一旁乐得捂嘴大笑，春远一看是她，顿时喜出望外，也顾不上疼痛了，扶了扶下滑的黑框眼镜，咧着嘴笑着对她说："梦瑶，是你？！你怎么来了？是来看我的吗？怎么也不告诉我一声，我好去接你……你今天真漂亮……"说这话时宁春远眼里有着异样的神采，而他的目光也没有从李梦瑶身上离开过。

今天为了来见他，李梦瑶特意穿了一件白衬衫配了一条蓝色的裙子，像一朵风中飘舞的百合一般晶莹高洁。虽然宁春远觉得她穿什么都很美，但还是禁不住从内心深处发出了赞叹，这个女孩子的美丽，并不在于她的清新可人，也不在于她的腹有诗书，而是让人见了会产生愉悦感。想必情人眼里出西施，说的便是如此这般情形。

李梦瑶心中是欢喜的，却又有些羞涩，她微红着脸，手不自觉地搅动着白衬衣的下摆，羞赧地转身娇嗔道："不理你了……"宁春远立马捂着腿"哎哟，哎哟"地叫疼，李梦瑶关切心疼地赶紧走过去想要查看他的伤情，春远看着梦瑶白里透红的脸蛋，情不自禁地亲了一下，面皮薄的梦瑶顿时羞得满脸通红又不知道该说什么，越发像一朵不胜娇羞的百合。此时的梦瑶更是美得娇艳不可方物，连老黑板都使劲搽了搽满头满脑的粉笔灰，呆着面孔偷听这对小情侣的对话。

"要不咱俩快些向组织打报告，请求批准咱俩结婚吧？"

"不行，我妈还不同意呢，再等等吧！"

"这都什么年代了，还兴这父母之命、媒妁之言吗？你得改变一下思想才行啊！"

"别人我不管，我妈这里总归是要松口才行的。而且，你妈妈似乎也不太喜欢我……"

"只要我喜欢，我妈肯定也喜欢，难道还要我把心掏给你看看吗？过几天我跟我妈一起去一趟你家好吗？"

"嗯，也好。"

梦瑶娇羞地点点头，转身从布袋里拿出一个铁饭盒，掺着玉米碎的白米饭上卧着两颗煎蛋，旁边有点儿土豆丝和咸菜。梦瑶把饭盒递给春远说："快，趁热吃！"接着又从布袋里掏出一件鸡心领毛衣，放在一旁说道："吃完试试看合不合身。"

春远把鸡蛋挑出来喂到梦瑶嘴边说道："我这段时间不知道为什么，高蛋白过敏，一吃鸡蛋就全身起包，痒得要命，你帮我吃了吧，别浪费了才好。你的手真巧，你织的毛衣不用试肯定合身！"

春远的柔声细语，化作一股暖暖的温情充满了我的梦境，令人欲罢不能地想要停留在此时此刻。可是我说过，梦是无法被操控的，无论多么不舍，画面还是转到了李梦瑶母亲那里。

画面从窗口切入，昏暗的灯光下，梦瑶在母亲面前极力地描述着春远对她的种种好，可是梦瑶的母亲面色凝重依旧不为所动。虽然听不到她对梦瑶说了些什么，可是我能感受到梦瑶内心的纠结、困惑和不舍，当然其中夹杂了更多的期盼和坚定。

梦瑶独自坐在书桌前，在台灯下写着什么，色调依旧是泛黄的怀旧，黑夜里的灯光由近及远渐渐只剩下了一个点。突然眼前又骤亮了起来，只是刚才的人、事、物全都不见了，似乎穿越了一般，竟然寻不着一丁半点儿刚才所发生的一切的痕迹。

我努力想回到那个怀旧温情的甜蜜画面中，我极度地贪恋着那种怦然心动的感觉，可是这种企图操控梦境的努力似乎只是徒劳而已，就算梦中的我对那种温情脉脉的情愫欲罢不能，即使我有一百个一千个一万个不情愿，也只能顺着这个毫无头绪的梦继续下去，开始了另一段梦境……

我的眼前又亮了起来，色彩并不浓重，并不是刺眼的那种闪亮，而是柔和清丽的光影。这次，我身处一间医院，我怎么知道这是一间医院呢？因为这里的墙上半部分都是白色，下半部分都是绿色的，而这种墙大概是20世纪80年代医院的标准配色，加上那个年代的医院特有的白色油漆铁质长椅，这不是医院还能是什么？

我似乎很应景地在这间医院看病，在等待医生叫号的间隙，我坐在椅子上，漫不经心地翻动着一本年代久远的绿皮书。内容大都是看过的了，只是翻到最后一页，突然发现一篇署名编剧为某某的童话，我心想这莫不是我的那个朋友？她什么时候成编剧了？怎么不写故事，改写童话了？

虽然有些疑惑，但是并未多想。别问我为什么，因为我也不知道为什么，梦中的一切似乎都是不可理喻的，可是我们也无法去探究其合理性，似乎梦中存在的一切哪怕再荒诞再不妥，都顺理成章合乎世情。

合上书，此时的老式医院变成了新式大楼，我在宽阔的走廊里随意地走动并四处张望着。不经意一瞥，发现了一张相片，这并不是一张普通的医生的相片，相片上的人眉清目秀、神采奕奕，吸引着我看了看旁边的文字，原来这是医院的明星医生，相片上挂着他的名牌：宁春远。

这位宁医生参加过很多综艺节目，也录制过几张唱片，甚至新近参演了几部大片，是这家医院的金字招牌。怪不得挂在大厅里如此显眼的位置，风头似乎盖过了院长。

更奇怪的是文字还备注了明星医生的办公室就在医院顶楼。

于是我鬼使神差地坐上了通往顶楼的那部专用电梯。进入电梯，我突然有些感到害怕，但是身边没有发生那些预想的恐怖片里的经典桥段。没有长头发的无脸女鬼在我身后，没有镜子里的红裙女人，没有突然停止运行的电梯，没有忽明忽暗闪烁不断的电灯，甚至没有一个人与我同行……嘈杂的医院似乎瞬间安静了下来，太过正常却又令人有些许不安。

此时电梯刚好到达顶楼，电梯门开了，映入我眼帘的竟然是一面墙，而且没有入口！墙的下半截依旧是淡淡的绿色，而上半部分是可以看到办公室全貌的透明玻璃。透过玻璃窗，我看到一个背影，再一抬眼，那个人转过身来，我认出了他，就是那个明星医生宁春远。

他穿了一件淡黄色的衬衫，没有打领带，戴着萧邦腕表的左手托着下巴，摆出一副成功人士拍摄杂志封面的标准造型，冲电梯里的我微微一笑。说实话，这笑容很迷人很阳光，并没有令人感到不适，可是此时此景我丝毫没有了看帅哥的心情，只想飞快地逃离这个处处透着莫名诡异的地方。

我按下了下到一楼大厅的按键，所幸并没有任何人追出来。我平安到达了一楼大厅，在我舒了一口气走出电梯时，迎面走来一群叽叽喳喳说笑着的女孩子，此时一个声音在我耳边响起："告诉她们，这里的顶楼有一位明星医生，帅气逼人。"而我竟然像吃了迷魂药一般晕晕乎乎地照做了，还给她们指了路。

那群女孩子先是去看了大厅里的相片，然后兴奋地立马乘着电梯到了楼顶，可她们看到的情形却与我看到的不一样，她们什么都没有见着，顶楼与一楼是一样的格局，医生的办公室里并没有人，她们失望地下了楼。

就在此时，更恐怖的事情发生了，我看到有一个身影下电梯时一脚踏空，跌落到了制药智能机械流水线上面……被装入无数个发着荧光绿的小瓶子……看到这一幕，我惊叫着逃也似的离开了医院。

在医院门口，我又遇到了那群女孩子，她们告诉我这次没有看到明星医生，下次要再来看帅哥。我看着前方，她们叽叽喳喳地说着话，走过了我的身旁，走向我身后阳光灿烂的大街。她们抢着话头说的话我一句也没听清楚，隐约只听出其中一位女生嚷了半句："李梦瑶你太狠心了……"

我也是鬼使神差，突然回头再看了看她们。我的目光落到了她们人手一瓶发着荧光绿的小瓶子上，胃里一阵翻滚，这时候她们都对着我咧着嘴笑，然后每人竟然都打开小瓶子，在我面前喝了起来……我大叫一声从梦中醒来！

别问！别问！别问我为什么能看到那些所有的过程，我也不知道为什么，一切都没有丝毫的逻辑可言，也没有任何铺垫过渡，我甚至不知道这一切是如何发生又是如何结束的，我只知道我是被吓醒的。

醒来后，我愣了半天回不过魂来。床边有个发着荧光绿的小瓶子，我顺手拿起来，手感瓶中有满满的水，赶紧喝了好几口压压惊，这怪诞诡异的梦着实是把我吓得不轻，没有任何刻意渲染的恐怖氛围，也没有血腥暴力的画面，但是却让人感受到了深层次的恐惧。这恐怖的梦还是少些为好，可甜蜜的梦总是会戛然而止，噩梦总不期而至。

梦的开始十分甜蜜美好，像是一部唯美怀旧的爱情片。可是到了后半部分却画风突变，成了惊悚恐怖片，这种变化让我这个做梦的人也始料未及而又无可奈何。足足喝了大半瓶水，我的心跳算是平缓了下来。

等一下，喝水……这个发着荧光绿的小瓶子！

哪来的？

我沉溺于梦中的那种浸润着甜蜜的安暖，却又对突然的转变无可奈何，我虽身在梦里，却也无力主宰梦中之事。人生如梦，我们只不过是在顺着某种轨迹在顺势而为罢了。也许我们能做的也只有等着梦醒！

　　文人墨客皆言人生如梦，梦亦如人生，分不清是世外之我的南柯一梦，还是只此一世的喃喃碎语，我在云端俯瞰红尘痴缠，我在人间呓语梦话万千，我在天边描摹过往烟云。

　　身边之人都说我是文艺女青年，其实这样的文艺不是我想要的，相比仙气飘飘的冷清孤寂，我更钟爱接地气的人间烟火。有人说我贪心，想要的太多，可是，谁说嫦娥又不慕凡呢？

　　梦醒之后，怕人多健忘，遂用了一个晨暮的时间把梦痕赶紧记录下来，可是里面的人终是面目模糊且没有名字的。后来有人说"宁春生"如何？我说"宁春远"吧！紧接着"李梦瑶"三个字忽闪于脑际。"春远"对"梦遥"这不是我刻意想的名字，但一切却似乎顺理成章，一切本该如此。有人告诉我那日在草原醉饮，以天为被以地为席，夏日的凉风，天上的白云还有我的这篇梦记都在与他做伴。这是一个故事的开始，或许有的东西从开始就注定了结局，只是我们只看到了开头，却怎么也猜不到结尾。书尽红尘羁绊，唱罢爱恨情仇，欢歌犹在耳，故人刺入心。终是黄粱一梦，终是那庄生迷蝶，终是避不开梦醒时分，亦免不了曲终人散啊！若得再梦一场，便梦那人生如初见……

225

咏鬼十首

一

闲花采撷用心看，老树啼乌梦未安。
一座孤坟千嶂隔，连天风雨不胜寒。

二

寺古山深星月寥，隔枝谁唱念奴娇。
风荷忽动吟声寂，倩影翩然过石桥。

三

花分倩影听书窗，寂寂容颜淡淡妆。
怨怼幽明天壤隔，怜渠红袖欲添香。

四

幽魂夜唱渭城西，柳折阳关雁影稀。
想是前生情未断，深宵月下泣低低。

五

昨夜敲诗久不成，小逸梦话夜惊魂。
案头忽见残篇续，春远梦遥谁续声。

六

孤灯老树暗篷窗，绿色荧瓶渗微光。
几点流萤寻未得，一声太息绕回廊。

七

柳树枝垂屋影低，墙头野草露微熹。
何人蹑足无声到，帷帐轻摇月向西。

八

一径羊肠迷乱草，磷光点点绕枯坟。

旋风忽忽尘沙起，残月朦胧树影沉。

九

荒郊林下一灯红，二八仙姝发似蓬。

裙带飘飘倏不见，暗猜倾国玉娇容。

十

断壁残垣秋院寂，墙头月影任枝筛。

白裙一袭轻如梦，露湿芙蓉滴藓苔。

七夕盈盈

　　昨夜看了一些"二言三拍"和《搜神记》中的故事，原本准备着要写一些胡话，而且还想着能不能把这个写成一个系列，不要再如此散漫不堪，没个头绪。毕竟小逸也有打了鸡血的时候的，但是大部分时间仅仅就是想想而已，接着再而衰三而竭。其实我写了很多文字放在那里，仅仅只有个开头，然后就没有然后了，但是昨晚小逸确确实实是在践行了，毕竟有个好的开始总是要好一些的。

　　"昨夜雨疏风骤，浓睡不消残酒。"是的，昨夜我出奇地早早入睡了，而且一夜安然。只有失眠的人才能体会到能睡个整觉，是一件多么奢侈幸福的事情。今天我醒得也很早，起得早自然需要吃点儿早餐，于是我吃了一碗面条。在吃面条的时候，手指不停地扒拉着手机屏幕，发现微信群里满屏都在说七夕这个话题，特别是那些诗歌群，铺天盖地的诗作向我砸来。

　　此时扫眼看到有人在说明天就是七夕了，我忽然间有一种恍惚的迷离，因为我记不住所有的节日，也不关心任何一个节日，毕竟我也算懂得了期望越大、失望越大这个道理。所以大部分时候都是"人类的悲欢各不相通，我只是觉得他们吵闹"。我不喜欢这种热闹的喜庆，这种流于形式的喜庆只会令我烦躁。或许其中也是有些酸楚的吧，毕竟两个人的寂寞好过一个人的孤单！

吃完面条在电脑上打出了三个字以后，我发现自己并不能心绪平和地胡话鬼怪了，于是转念也来蹭一次七夕的热度。放在以往，我决计是不愿意去做这种事情的，因为我固执地认为，不是我在取悦文字，而是文字在取悦于我。每当酣畅淋漓地胡言乱语一通之后，我失落的心情就会莫名地好上很多。

也是基于此种缘故，很多人隔着文字对我有了一个牙尖嘴利的印象，说好听点儿是善辩，其实就是好斗。对于这一点我十分清楚，并且决定继续贯彻！虽说不与傻瓜论短长，但是小逸有的是时间和精力，正愁没处消磨呢，这么有意思的事情我岂能放弃？瞧，这一说又扯得有些远了，好吧，我努力让我的思绪回到七夕上来。

见到微信里的那些男男女女在调笑，说到礼物和鲜花，我突然想到，我最后一次收到鲜花，那是九十九朵玫瑰花——已经是在我大二的时候了。那么遥远的事情，远到仿佛隔了一个世纪那么久，现在说来已经像是在说别人的故事一般风轻云淡。其余部分都已经忘却，只记得那捧大得抱不住的玫瑰花，仿佛像血液一样红得那么刺眼、那么肆无忌惮、那么目中无人……其实我喜欢的一直是百合，不要太香的那种百合，白色的、素净的、淡淡的就好。

有人对我说："朋友是分阶段的，不必强求。"可是我却是个十分念旧的人，喜欢一切怀旧的事物，怀念所有回不去的旧时光，然后安静地把所有心事小心收藏。这样的念旧已然成了一种执念。这种心绪也令我十分敏感，从而自我折磨，拿不起，更放不下，于是只有在内心深处自虐千百遍，然后一脸的云淡风轻、与世无争。

还是言归正传回到主题吧！我发现只要一提起七夕，一说到七夕，大家想到的便是秦观的《鹊桥仙》这首词：

纤云弄巧，飞星传恨，银汉迢迢暗渡。金风玉露一相逢，便胜却人间无数。

柔情似水，佳期如梦，忍顾鹊桥归路。两情若是久长时，又岂在朝朝暮暮！

我想我也不用多此一举地解释这首词了，因为大部分人基本上都能说上两句。即使说不上来也能大概理解其中所表达的意思，不过是男女相思之感，情人离别之念。很多人会被秦观的深情打动，果真如此吗？

其实关于这首词的写作对象有很多版本，最广为流传的一个版本是这样的：秦少游天资聪颖又得名家赏识，其文采风流、迷妹无数，上至富贾豪门下至勾栏瓦舍，都有前仆后继的女粉丝追随在其身后。红粉佳人、俊朗才子总是会给人留下许多遐想与故事，而秦少游的风流烂账也是一本说不清楚的糊涂账。

少游家贫娶妻甚早，可是他做官后只接家中老母一同前往任职处侍奉，留妻在家，可见其夫妻感情也不见得有多好。在这期间秦少游买了一个未成年小女孩来服侍母亲。后来便纳此女为妾，苏东坡纳王氏为妾时依据"朝云暮雨"的典故给自己小妾改名王朝云，秦少游就效仿苏东坡给小妾取了个名字叫"朝华"。不把自己老婆小妾改个自己喜欢的名字，不足以自称为真正的风流名士，或许从古自今文人圈子里都盛行此种风气吧。

自此秦观和他的小妾二人琴瑟和鸣羡煞旁人，少游宦海沉浮遣朝华而去，朝华几度欲回而不得。有场面上的说法是少游爱得深沉怕连累爱妾，故而屡拒朝华归家，还自我感动地说什么喜欢是冲动、爱是克制，对此我只能在心里一万个鄙视。据传此《鹊桥仙》实为痴情少游为爱妾所作也！

以上就是为大众所愿意相信的版本了，当然，相信美好的东西总是好的，至少还有个幻影不是吗？可是果真如此吗？能写出如此撩人煽情之词的秦少游真的是痴情种吗？我看未必！很多时候诗人写诗词人写词，大抵只是抒发一种情绪，并不一定有太多的真情——即使有，那也是酝酿许久的一种情绪爆发，不一定有特定的对象。秦少游身在花丛中怎可能片叶不沾身呢？这个道理稍微一想便可知晓。

你们认为我想说的就是这些吗？不！才不止这些。我想说的是我读这首词的时候总是觉得有些许莫名的暧昧——我说的暧昧当然不是歌颂爱情的意思，是我闻到了荷尔蒙、多巴胺、肾上腺素的味道。

记得初见这首词是在中学的课本里，那时的我只会跟着课本里的注释看文本，每天晨读跟着同学有口无心地念着。到了我大些的时候，又觉得这首词真的是写得绝了！可以说它是描写七夕的千古绝唱，后来者所作难以望其项背，皆无能出其右者也。

如今，我越读越觉得这首词并不如我当初想的那么纯情。这也可以理解，这首词若是放到现在来读，那么它就是两阕婉约、唯美、含蓄的诉衷情词，是婉约宋词的代表作，而作者也是婉约词的集大成者。这些在课本上都能找到，可是我已经很长时间不太相信那些课本注释了，就算是写个花间小调都能把你引到怀才不遇、满腔抱负空余恨之类的严肃命题上，对此我也是醉了。

我觉得有时候或许作者真的是"被理解"了！所以对这些注释我有的时候是很疑心的。且不说别的，就说一个"金风玉露"课文里说"金风"指"秋风"，"玉露"指"白露"。你们没有发现问题吗？七夕明明怎么都不可能在秋天，所以我对这些注释实在是憋不住地笑了！

对于"金风玉露"的解释，小逸也略知一二。可是此处不便多言，小逸只能说这是道教术语，金风为阳，玉露为阴……余下省略数百字，各位自行想象吧！

要知道在古代《西厢记》《牡丹亭》一类的描写才子佳人、青楼歌坊之类的情节都会被视作淫词艳曲。而词最初开始就是供歌女名妓在风月场合传唱的，其能够在坊间流行起来，格调必然不高，也就是大致相当于现在的流行歌曲，早已被定调为"词为艳科"。

就算词的发展经过艺术加工、名人锤炼、时间沉淀，也很难脱离这种影子。看见如今大家都爱用《鹊桥仙》表情达意，小逸姑且认为这是合时宜的。同时，现在的七夕不单单是饮食男女的约会日，更成了商家们的集体备战日，传统节日被拿来消费，《鹊桥仙》也被消费了。

零零碎碎又说了许多，把原本想赞颂一下的词，写成了完全相反的方向，我也是服了自己，竟然把原本准备好的、软绵绵的柔情蜜语硬生生变作挑刺找碴儿，这也是在行文之初我始料未及的，但是文已写就，那就只能让它如此这般有硝烟味了。

　　我饿了，得去饱餐一顿。片刻过去，一块甜腻的蛋糕下肚，我顿觉谈兴甚浓。我猜猜也知道上文中我那些吞吞吐吐的解词，没准就有人会想歪了。于是决定继续细解《鹊桥仙》。

　　刚才小逸说什么来着？对于"金风玉露"的解释，小逸说这是道教术语，金风为阳，玉露为阴……

　　就是说，这是一首鬼诗，讲的是鬼恋的事。

　　小逸先把"金风玉露一相逢，便胜却人间无数"的意思解通说透。

　　金风为阳，玉露为阴。道教术语中，金是金乌的专指，金乌就是太阳，太阳是三足乌，太阳风呼啦啦地吹，那男人是个人间阳光书生，喏，就是好比许仙；古时玉是玉兔的专指，玉兔就是月亮，月亮是太阴广寒宫，霜露森森，月华蕴鬼气，那女娃子就是聂小倩那种。

　　"相"是人的魂魄，正常人有生老病死四相，从前但凡骂人的相不对劲叫"死相"，这词就是这么来的，"一相"在《麻衣经》中又通假为"异相"，四相只剩下"一相"，就是俗称的"丢了魂"。

　　"便胜却"这个词，"便"是安全、健康的意思。《说文》有云："便，安康也。人有不便更之。""胜"的意思是战胜、转变；而"却"就是失却、丧失的意思，古文也引申为指幽魂，"便胜却"的意思就是从安康转变为幽魂。

"无数"的意思就是字面意思，六神无主了呗！

所以，"金风玉露一相逢，便胜却人间无数"，其实真正的意思是：阳间的男人和阴间的女鬼撞到了一起，四相剩下一相，好好一个安康的人，就这么丢了魂。

好了，接下来不再一点点咬文嚼字，"纤云弄巧，飞星传恨，银汉迢迢暗渡。金风玉露一相逢，便胜却人间无数。柔情似水，佳期如梦，忍顾鹊桥归路。两情若是久长时，又岂在朝朝暮暮！"这真是一首千古惆怅的好词。小逸把这首《鹊桥仙》完整地翻译一下吧。

细若游丝的阴云，无声无息地掩来。

鬼火如星在飞舞，附着恨意冷冷踩。

手脚冰凉的汉子，迢迢发抖地瞎猜。

可怜阳间好男人，撞上女鬼真悲哀。

健康体魄丢了魂，六神无主倒尘埃。

落花流水揉悲情，死期临近梦噩耗。

乌鹊坟头残忍号，顾望归路奈何桥！

若是人鬼情未了，阴阳两隔人挂啦。

黄泉久长不投胎，早晚一注定魂香。

《鹊桥仙》原是为咏牛郎、织女的爱情故事而创作的一款乐曲，后来转为词牌名。本词牌的内容主要是咏此类仙凡相隔、人鬼情未了的鬼故事。

借牛郎织女的故事，以超越人间的方式表现人间的悲欢离合。内容要是发挥开来，都是带点儿阴森森的气味的：这种鬼话意境古已有之，如《古诗十九首》中的"迢迢牵牛星"，曹丕的《燕歌行》，李商隐的《辛未七夕》等。

宋代的欧阳修、柳永、苏轼、张先等人也曾吟咏这一题材，虽然遣词造句各异，却都因袭了"欢娱苦短"的传统主题，格调哀婉、凄楚。相形之下，秦观此词堪称独出机杼，最为恐怖。

还要说一点：秦观是苏轼的死党，绍圣元年（1094年），因元祐党籍事件，被一贬再贬。1100年，秦观在放还北归途中卒于藤州。这年宋徽宗即位，为北宋元符三年。

文后旁白

此文写就初衷说来十分荒唐，仅仅因为我看到微信里满是打情骂俏的红男绿女，心中甚是不屑抑或带有几分妒忌。于是恶趣味冉冉升起，把一篇好端端的温存体己话，硬生生变成了讥讽嘲弄文，扫了不少人的兴致，败了很多人的胃口。现如今想想实在没有必要，实在幼稚可笑！但是为什么我写完之后还是照样有一种酣畅淋漓的舒畅之感呢？看来，我是该好好反省反省了。

许　诺

　　远处白茫茫一团水雾包裹着这依山傍水的小城，这是伊诺的家乡，也是以温泉闻名的小城。此刻的伊诺是慵懒且漫不经心的，她在想着前几日在火车上遇到的那个傻小子，竟不自觉地笑出声来。

　　温泉水刚刚没过她的肩头，她伸出白嫩的手臂划出一道水纹，水珠打湿了她的头发，几缕黑发紧贴着红润的脸颊，水滴沾着眉眼流到微扬的嘴唇并顺势而下流到锁骨。初绽的桃花被风吹到水面上，飘飘漾漾星星点点，人比花还要娇羞几分。这样香艳又撩人的画面被层层的水雾包裹着，朦胧且梦幻。"春寒赐浴华清池，温泉水滑洗凝脂"，说的莫不就是她吧？二月的微寒并未阻挡春归的脚步，这灼灼的桃花终究是要开遍寂静的清野的。

　　一个月前，千里之外戍守襄阳的许言收到了父亲的家书，信中言及慈母对儿甚为念想，并自觉年老体衰，身体每况愈下，嘱他尽快返家完婚。这门亲事是父亲在儿时便已帮他订下的娃娃亲。

　　对于这桩亲事和那只有媒人送来的一张黑白照片却未曾谋

面的未婚妻，许言既没有太大的抵触，也没有太多的热情，他只觉得婚姻大事父母之命媒妁之言，每个人都是如此这般走过这个过程罢了。况且听闻白家小姐知书达理品貌俱佳，看照片也是短发齐刘海、圆脸微笑，一身立领旗袍学生装，文静中透着端庄，不失为妻子的理想人选，也就谨遵父命即刻快马加鞭赶回老家。火车上，坐在许言对面的是一群年轻活泼的女学生，一路叽叽喳喳有着说不完的话。她们清一色地穿着浅蓝色立领旗袍上衣，黑色过膝长裙，剪了《新青年》里流行的短发齐刘海，乍看上去都是差不多的模样。独有一人却是留着披肩长发，系着白色发带，在这群女学生当中显得尤为灵动，引人注目。

此时许言的目光一下子就被这个不一样的女孩子吸引过去，心猛地跳了几下，感觉眼前的女孩子很眼熟，似乎曾在哪里见过面。她一手拿着一本《小说月刊》，一手拿着一个苹果在啃，全然沉浸在另一个宁静祥和的世界中，仿佛周遭的一切嘈杂都与她无关。像是感觉到有人在看自己，她猛地抬起头，一瞬间四目相对，她倏地羞红了脸，继而又带有一丝愠恼地别过头看向窗外。许言却怔住了，久久回不过神，那是一双有如秋潭一般深邃流波的眼睛，只此一眼便被牢牢吸住，从此沉沦无法自拔……

"伊诺，你要吃点儿杏干吗？"旁边一个短发圆脸的女孩问她，眼睛却看向许言，满是调笑。如痴汉一般盯着伊诺的许言这才顿觉失态，赶紧收回放肆的目光，恋恋不舍地用余光瞟了一眼伊诺后故作镇静地转头看向窗外。火车两旁的树木飞梭般往后飘移，远山如黛，近水含烟，薄雾初拂初阳淡。繁花新叶逐香尘，袅袅清幽撩人面。此时的许言已然在心里记下了最美的风景，这样的美无关湖光山色，原来她叫"伊诺"……

"你也喜欢张爱玲的小说吗？"许言终于找到了一个搭话的契机。伊诺抬起头，看到了一双闪着狡黠光芒带笑的眼睛，她感到心脏一阵乱跳，脸色绯红。她不知道那是为什么，还以为自己是不是老毛病犯了，赶紧掏出了药丸吃下。然后抚着胸口对许言说："是的，我非常喜欢张爱玲的文笔，她的冷漠疏离其实只是一种自我保护……"两人一谈便是相见恨晚，不想停歇直至火车到站。

火车缓缓驶入站台，那声声汽笛像是敲响了离别的钟声，两个人顿时都陷入了沉默，又异口同声道："我叫伊诺。""我叫许言。"转而两人相视一笑，许言快速掏出笔，写下了自己的地址塞到伊诺手中。拥挤的人潮汹涌而出，生生把两人冲散在人山人海的站台，伊诺紧紧攥住留有许言余温的字条，仿佛手上也沾染了他的气息。

许言站在月台上，眼瞧着伊诺被身边那个短发圆脸的女孩拉着，一群人嘻嘻哈哈渐行渐远。望着依诺远去的背影，他的心也被牵着走远了。许久之后，他才提上行李，一步一懒地出火车站，此时家丁阿福早在出站口等候多时。

"少爷，您回来啦！老爷和夫人都在家等您呢……"肤色黝黑的阿福赶紧接过许言手中的行李，跟少爷一同坐上车，往许家大宅开去。

许老夫人满眼慈爱，不断往儿子碗里夹菜，直至堆得碗已经盛不住了方才作罢，仿佛只有如此才能弥补儿子不在家时的那些遗憾。

"什么？你想退婚？你这不肖子，你上的什么军校、读的什么书！除非我死了，要不然你想都别想！你让我有何颜面去面对白家……"晚上，书房里传来一阵呵斥，许老爷叫来阿福："从明天开始不许少爷迈出许家大门一步，如有违逆拿你是问！"

此时准备推门离开的许老爷又转回头对许言道："吉时已定，下月初八，你早些做好准备与白家小姐完婚！"言语中透露着一股身为大家长不容置辩的威严，说罢他便头也不回地走了。许言看着父亲有些佝偻的背影，终是没有说出一句话，只在心中回念着那日最美的风景……

白府。砰的一声惊响，白老爷勃然大怒，把茶杯摔在白小姐脚下，碎片滚落一地。"送你去读书，不是让你来气我忤逆我的，你切莫让白家蒙羞才是！""巧翠，从今日起不许小姐出这园子一步，若是小姐跑了，我便把你卖进烟柳巷！"白老爷看了女儿一眼，叹了一口气，终是没有再说什么，径自离去了。

白母心疼女儿，悄悄送来点心，劝慰女儿道："这是你父亲为你定下的亲事，你父亲也是为你好。在家从父，出嫁从夫，老来从子。女人最终的归宿就是有一桩好的婚姻，相夫教子安稳度日不是吗？况且许家……"

后来母亲再说什么，白小姐已经听不进去了，望着母亲送来试穿的嫁衣，她的眼眸逐渐暗淡下去，直至完全失去了光彩。她手中也有一张照片，那是一个帅气的男子，她想着火车上和他的邂逅，叹了一口气，十分不舍地再看了一眼。终于，照片被她揉碎了，一阵风吹过，碎片向窗外飘去。似乎风过无痕，可伊诺觉得那被揉碎的不是照片，而是自己的梦。想到这里她的心猛地一阵抽搐缩紧，怕是又该吃药了吧？！

　　她就那么呆呆地坐在窗前，望着窗外从天色渐暗，直至夜幕深沉。她不敢回头去看，她身后的桌上，有一本《小说月刊》，那本杂志里夹着一张纸条，那是他在火车上写给她的那张纸条。她怕看了，自己会做出令父亲蒙羞的事，那就这样吧，也只能这样了。

　　这一天城中锣鼓喧天，白家嫁女，许家娶亲，喜迎八方宾客，欢送四海亲朋，好不热闹好不气派，一切的喜庆喧嚣都在夜的浓染中归于宁静。洞房内，滴泪的红烛忽明忽暗地照着相对无言的两个人。最终，许言在喜婆的催促下慢慢地揭开新娘的红盖头，那一刻仿佛整个世界都停止了运转，一切的疑惑不解，一切的失望惊喜，一切的幽怨怜惜，都化作了一种失而复得的委屈与狂喜。

　　"怎么是你？！""原来你姓白！""只要是你……"

　　这一夜，许言傻傻地说个没完。到后来，连他自己也不知道自己在说些什么，像是对依诺说着别后的相思，又像在对自己说着那命运的神奇。

　　伊诺不说话，只是微笑地看着许言，看着他沉醉于梦境般呓语，看他如孩童的大喜。灯影里，她长发披肩，就这样静静地坐在那里，虽垂首不言，却美得不可方物。许言仿佛看到她的眼角，闪过一滴晶莹的泪珠，微笑着流泪。她什么都没有说，却什么都说了。

　　这忽明忽暗的烛光似乎也是一种浪漫的情趣，鸳鸯帐里鸳鸯被，红烛照影成双对。缘，妙不可言！难道这就是念念不忘，必有回响？伊诺不知道，许言也不知道。他们只知道，于千万人之中眼里只有那一个人儿，再容不下别个了。

里屋两位新人你侬我侬，外间的黑暗里，那张照片静静地躺在案上。那女孩短发齐刘海、圆脸微笑、一身立领旗袍学生装，仿佛在说：缘来如此……

一个月后，许言收到一封加急电报，襄阳战事吃紧，命许言即刻返回驻地。军令如山不得不从，百姓生死岂能不顾！许言看着新婚妻子不知道该如何开口，直到临行的前一夜才告诉她。伊诺似乎没有反应过来，整个人都是蒙的，继而又急又气又怨。

伊诺知道上前线意味着什么，她从来没有如此害怕过，她有一种心被掏空的痛楚，坐在床边一直流泪。突然她像醒过来一般，赶紧仔细地为许言收拾行装，一边收拾一边埋怨许言不早点儿告诉她，也好让她提早为他准备些东西，许言抱着她说："不用带太多的东西，那里都有。怕你担心不知道该怎么跟你说，所以现在才告诉你……你放心，有你在这里等着我，我一定平安归来！"

待许言睡着后，伊诺独自坐在书桌前摊开纸笔，想为许言写下一些温柔与甜蜜，可总觉得似有千言似有万语却无从说起。世间文字八千万，唯有情字最难写，才一写就便将之撕碎，反反复复白纸之上竟然未着一字，下笔之处却是满纸皆湿！

天色渐明，她已梳妆好，安静地坐在床边，用手轻轻抚摸着他的脸庞，像是要用手来记住他的模样。他握住她的手慢慢地放在唇上，温柔地对她说："你不要太过担心我，一到那里我便给你发电报，很快我就会回来的。"

伊诺红着眼,忍住就要溢出眼眶的泪水哽咽着说道:"我等你,我们还有许许多多的事情要一起做呢!"伊诺不敢看他离去的背影,只转过身,牙齿虽已把下嘴唇咬破,泪却依旧决堤。

烽火连三月,家书抵万金。伊诺每天要做的事情就是给许言写信,有时俏皮欢喜,有时叮咛嘱咐,有时情意绵绵,唯一不变的就是纸上晕染开的字迹。若不能朝朝暮暮,那就字里行间,见字如面,纸短情长……

"行行重行行,与君生别离。相去万余里,各在天一涯。道路阻且长,会面安可知。胡马依北风,越鸟巢南枝。相去日已远,衣带日已缓。浮云蔽白日,游子不顾反。思君令人老,岁月忽已晚。弃捐勿复道,努力加餐饭。"花开花落又逢春,伊诺守着每一个没有他的日日夜夜,一遍遍细数着他的归期。雨中,那熟悉的背影映入眼帘,他回头,他转身……她丢掉了雨伞,拼命穿越人海只为与他相拥。

"我回来了……"

"我等着你……"

半个世纪后,两万公里外。在太平洋东岸的海边小镇,一座白色的木屋里,炉火暖暖,心诺坐在炉火前,手里拿着伊诺的来信,这封信她已经不知道看了几遍了,信中的内容早已倒背如流。

"姐姐,世上的事情真的很奇妙。那年我们姐妹乘车回家乡,本来是妹妹陪姐姐出嫁。没想到火车上的一场奇遇,改变了一切。许言这小子,他还不知道他本来会是我的姐夫,结果却成了你的妹夫。"

"姐姐，那年你突然逃婚，爸妈气得要命，只好姐妹易嫁，可是我心里是知道的……谢谢你把许言让给我。"

"我们成婚没多久战事就爆发了，当时只知道你去了国外，却失去了联系。这么多年我们也经历了许多许多。不过现在一切都过去了。我和许言现在一切都好，我们有了两个孩子了，他一直对我很好，我们很幸福。我们都惦记着你。姐姐，回来吧……"

"回去吗……"心诺放下信，开始沉思。心诺已然年近古稀，潜心穷经，终身未嫁，岁月小心翼翼地为她的圆脸描上细致的皱纹，却没有改变她文静的气质。她还是留着短发，嘴角总有一丝若有若无的微笑。

她是那么清晰地记得：慢悠悠的蒸汽火车，喧闹的车厢里，一群欢快的同学，只有一人还留着披肩长发，系着白色发带，在这群女学生当中有些别样的灵动。那是她最疼爱的妹妹伊诺。哎呀！他们一大群人都是陪她回家结婚参加婚礼去的。

婚礼？她怎么能忘记，座位对面的那个英俊又腼腆的小伙子，听他和妹妹结结巴巴地对答聊天，她一眼就认出来了，那正是她的未婚夫。怎么那么巧？他想必也是赶回来完婚的吧？想到这里，心诺的心都快要跳出来了。这一瞬间，她知道自己已经完完全全地陷进去了，这真是一个比梦还要像梦的美梦！

"伊诺，你要吃点儿杏干吗？"心诺终于鼓起勇气说了一句话。人是对着妹妹伊诺说话，眼睛却看着许言满是笑意。他闻声看了心诺一眼。"他看我了，他在看我了，他居然真的看我了……"心诺一阵慌乱，又一阵期待，她的心，一下子就融化在他的眼神里。可是许言看了她一眼，马上又飞快地看了伊诺一眼。

看着许言假装看窗外，余光却不离伊诺，再看妹妹红红的脸，好像全身都要发出光芒的样子，心诺全明白了：她刚看到了缘，她已没有了分。她的心慢慢地沉了下去，一直沉到了几万米高的虚空里，不冷也不痛，只有一片空白。

那场火车上的邂逅场景，心诺不愿再想下去了。可是很多时候，不是不想就能不想的。那么多年来，她再不愿意回想，又会不由自主地一次又一次回想。

"伊诺，你要吃点儿杏干吗？"她只在他身边说过一句话，还不是对他说的；而他，只是看过她一眼，一句话也没有说过。一次邂逅，一生许诺；今生今世，一眼万年……

心诺放下信，慢慢地打开手边那本发黄的杂志，里面夹着一张他写的纸条，纸条上是一个地址。这个地址，这个她曾经差点儿可以在那儿过一辈子的地址呀！半个世纪前，她突然离家出走，只带了这张纸条——这张纸条，他不是写给她的；这个地址，她用一个许诺，留给了她的妹妹。

"姐姐，我该怎么办？""妹妹，我看得出他喜欢你，你呢，你真的很爱他吗？""姐姐，我不知道怎么说，我也不知道他有多爱我，但我知道我爱他爱他爱他……没有他，我，我不如死了。""好吧。姐姐许诺你，把他交给你。可你也要答应我，你们一定要幸福！""姐姐……"

最近大脑有些混沌，眼睛也总是生痛，常常记不住开头，看不清结尾，也模糊了故事中的甲乙丙丁。在写这篇故事时，对人物名字也有考虑，许言，依诺，本是寓意为：许下承诺必将一诺千金。可是入世尚浅的小逸后来才知晓，事实往往是，当初的海誓山盟有多真诚，日后的翻脸无情就有多真实。

本想写一篇以民国为背景的爱情故事，故事的地点在武汉，有战争有爱情，有家国情怀，还有儿女情长……

可是奈何笔力不逮，非但不能写出动人的故事，还把自己的步调弄乱。如若不是最后的反转，此等味同嚼蜡的流俗文，我自己亦是不愿再读的。所幸，故事还有最后的反转，令人不至于生厌，而人生却只能无奈地继续着流俗。无论写得有多么幼稚，我都愿意将之示众，没有曾经的稚拙，岂有现今的淡然？我落入的这个人世，深情易错，寡情又不甘。好与不好都是小逸，真实而赤诚的小逸。

想　想

　　桑桑这几天睡得很不安稳，不知道是不是女人的第六感很强的缘故，她总是有一种隐隐的不安，这令她烦躁不已，可是就是说不出哪里不对劲，或许能够说得出来的难受，都不能称之为痛苦了吧！

　　又打开手机，心烦意乱地扒拉着一些明星的花边新闻和无聊网剧，似乎只有看着这些一点儿都不需要动脑子的热闹，才能暂时驱散心中的焦灼。她还是忍不住保存了那个陌生的短信号码，虽然短信只有两个字：桑桑。王明上次出差回来，穿的衣服并不是这一身，虽然颜色款式看上去似乎一模一样，但是桑桑却发现他现在的外套上多了一条不起眼的暗纹，裤脚边也有一个外翻的小绣标。很明显这不是他走的时候穿的那套衣服，别人看不出来，她却是一目了然。

　　桑桑的心先是惊跳了一下，然后陡然下沉。似乎是带着一种想要水落石出找到答案的激动，她像猎犬和侦探一般凭着敏锐的嗅觉和蛛丝马迹，在心中编排想象了一百种剧本和画面。

　　这种微妙复杂，而又有些许变态自虐的心理，令她有一种打了鸡血的兴奋。王明洗漱包里的粉底液，行李箱里的巧克力，手机里的消费提醒短信……无一不在时时处处刺激着她原本就已脆弱不堪的神经，这些都成了她彻夜探案和审问的缘由。

女人的醋意和猜疑如同潘多拉的盒子一般，一旦打开了就是灾难的开始，两个人心中的魔鬼已然成形，在一点点地吞噬着彼此的初心……

争吵质问是肯定的，各种解释也是一定的，痛哭流涕、指天发誓也是必然的戏码，如同她看的狗血伦理剧一般，戏中的情节已然原版再现，只是舞台搬到了自己的家里，演员表上的名字换成了自己！

但是谎言终究是谎言，一个谎言或许需要十个不同的谎言才能圆上，那十个谎言呢？哪里又能圆得了啊！偏偏每个女人都是极好的侦探，哪怕她再迟钝，再粗枝大叶，她也能在对方细枝末节的改变中推敲出事情的脉络，能在表情的细微变化中揣测对方心理的起伏，甚至能从对方言语中的标点符号里看出敷衍的痕迹……

这到底是疑心病太重，还是直觉过于敏锐呢？桑桑不知道，她只知道，自己病了，现在的自己怀疑全世界，现在的自己鄙夷一切，现在的自己竟然已经不会笑了。一旦有了猜疑想要重建信任，那几乎是不可能的事情。

她已经习惯于在王明身上寻找一切可能的犯罪证据，反反复复。即便前一天已经说服自己放下一切，重新开始，可是马上又会因为王明接了一个女人的电话而歇斯底里，变成一副令人讨厌的可怕模样。人见人爱的白雪公主突然变成了面目狰狞的巫婆，

247

这样的转变令两个人都痛苦万分而又无法解脱。侦探当久了会上瘾，犯人却总是想着重获自由。

　　开始时还有愧疚之心的王明，慢慢地变得越来越不耐烦了。开始针锋相对，开始疏远逃避，甚至不接电话……他或许已经忘了，曾经如白莲花一般的她是多么温柔可爱，善解人意，他甚至忘记了令她变成这副模样的其实是自己啊！渐行渐远的不只是青春，或许还有人心吧！所谓至亲至疏大抵就是如此这般了吧！这种钝刀割肉的折磨令桑桑一下子苍老了许多，当然这种苍老并不在于皮肉的外显，这是一种心灼后的萎谢和荒芜。日日夜夜，混混沌沌，只有自己才能知晓，一颗透亮柔软的心是如何被血水浇灌包裹得坚硬冷漠的！

　　终于有一天，她接到了一条短信，只是不是以前的那个号码，她用发抖的手点开短信："香格里拉大酒店 2907 号房，房卡在前台。"短信后面附带一张相片—— 一张王明熟睡的相片。

　　桑桑不知道自己是怎么把车开到酒店的，也不知道自己是怎么拿的房卡上的电梯。她在按电梯楼层的时候有些犹豫不决，旁边的男子轻声询问道："小姐，你要到哪一层？"

　　听到这温柔的声音她这才回过神来，但是并未看清男子的模样，只觉得这声音很轻很温柔。她嘴角扯出一丝比哭还难看的笑容，摇了摇头，自己按下了"29"这个数字。

　　此时的她心跳得很快，好像立马就要从嘴里跳出来一般！手握着门把手的那一瞬间，她却像得到了一种力量似的，出奇地平静，或许有什么东西已经从她的生命中被抽走了吧！地毯上凌乱丢弃的内衣，夹杂着一股靡靡的气味令她作呕，洗手间里传来洗浴的水流哗哗声。穿着性感吊带的女人坐在沙发上，鲜嫩的脸上那双充满挑衅而又得意的眼神令桑桑突然笑了起来，这一笑，把那个摆出一副胜利者姿态的女人笑得有些蒙了，明显有些不明所以。

她把食指比在唇间，做了个嘘声的动作，然后退出了房间，顺便带上了房门。关上了房门也关上了心门！

出了房间她感到异常轻松，仿佛那厚重的门隔着的不是她和王明两个人，而是两种人生。短短的走廊此时是那么长，仿佛走过了一生，又像从地狱到人间。一种释怀，一种淡漠驱散了缠绕她许久的黑雾！桑桑快步走上电梯，竟然又是刚才那个声音，轻声地在打着电话，说自己在加班不回家吃饭了。

她禁不住又想笑，男人啊，都是如此的吧！继而抬头看了一眼那个男子：瘦瘦小小有些弱不禁风的模样，那双藏在镜片后面的眼睛，仿佛有一种魔力，是那么吸引人。这双眼睛像极了小动物的眼睛，纯粹而透着狡黠的光亮。小眼睛原来真的聚光呀！

桑桑觉得自己真的很奇葩，这种时候竟然想的是这个，不禁笑出了声，男子挂了电话有些莫名其妙地看着桑桑。桑桑与他对视时还是觉得这种小动物眼里才有的黝黑与光亮真好看，或许还有一丝不易察觉的慌乱吧！

成年人的离开，哪里会有什么告别呀！只有想要获得关注和重视的小孩才会哭闹。

流光如水，洗涤着一切浑浊与不堪，桑桑独自一人搬到郊区已三年。远离曾经的舒适区，从十指不沾阳春水，到可以自己换轮胎，从看不懂户型图到能自己装修一栋房子，从手忙脚乱心惊胆战到镇定从容波澜不惊……个中辛酸也只有她自己知道了。

可是无论如何，她还是一样怕黑，怕鬼，怕孤独，还是想着有人分享自己的点点滴滴琐碎时光，想有人在一起听风看雨赏月，想有人把自己当作粉红色的小女孩来疼爱。是啊！若是可以依靠，谁又愿意集十八般武艺于一身呢？

她望着遥遥相对的明月，心中总是会生出许多悲凉，觉得自己像极了月宫中的仙子，凄清，寒凉，又不愿惹上尘埃。想到这些，桑桑总是有些不甘的，但是想到明早要去听的早课，赶紧洗完澡就睡下了。

还是差点儿迟到，到了学校多媒体教室门口，桑桑听到背后有一个声音，一个似曾相识的温柔声音："同学，请问今天的'浅谈容斋笔记'讲座是在这里吗？"桑桑转过头，目光与男子相撞，天，怎么这么巧？！又是那双眼睛，那双像小野兽一样的黝黑得闪着奇异光辉的眼睛，那双眼睛似乎像黑洞一样，能吸进吞噬桑桑所有的余光。"是你？！"两个人几乎同时发出了惊叹，谁曾想到，三年前在电梯里偶遇的人，见到自己最狼狈最失魂样子的人，时隔三年还能再次遇到，真是人生何处不相逢啊！

三年前的那一幕又浮现在眼前：电梯里，桑桑有些不好意思地收回目光，偏过头避免着与男子直接对视。

电梯下行到大堂，桑桑急着走出电梯，步子迈得有些大，修身的裙子裹住了腿。随着哧的一声，她摔倒在地，越是精贵的料子越是容易被撕裂，裙子从后背裂开了，右脚细高跟鞋的鞋跟也应声断成两截。所谓"祸不单行"说的就是现在的自己吧！

桑桑顿时觉得自己很失败，号啕大哭起来，男子赶紧脱下外套，围在了她身上，桑桑脱下高跟鞋围着男子的外套，失神地光脚走到停车场。上了车，她才回过神来，自己忘记了问一下他的姓名、电话……有的人兜兜转转穿越人海，终是要相见的。如今的再次相遇或许就是缘分，或许一切都有定数，或许一切的等待都是为了日后的相逢！桑桑来南大听讲座，竟然是他的讲座，原来他就是沈慕白！

还是那双眼睛，在对视时依旧泛着精光。桑桑想，若是只看这双眼睛，自己怕是也会喜欢的吧！

两人相互留了联系方式，桑桑把三年前的衣服洗干净特意喷上了点儿香水后送还给了他，虽然她从不用香水，但是却下意识地这么做了。日子依旧平淡如水，两人之间也并没有发生什么像小说上的那种情节，只是偶尔会聊上几句无关痛痒的话，每次他有讲座她都会去听，仅此而已。

桑桑知道沈慕白有家庭，所以刻意保持着距离。后来她知道了那次在酒店遇到他，其实是他在参加一个培训，旁边的女人或许只是他的学生抑或同事。管它呢，关自己什么事呢？想这些干吗？

刷牙时她摇了摇头，对着镜子自嘲地一笑，换上一身粉嫩的学生装，准备混迹于青春勃发的大学生中，以期从她们身上吸收一些力量，来抵御时光对于一个女人的身心摧残。

可是今天她的心神明显有些游离，看到沈慕白被那些嫩得能掐出水的身影团团围住，她竟然有些不舒服，有种胸口发闷外加酸涩的感觉。

她有些害怕了，她知道这不是什么好的信号，这是罂粟令人欲罢不能的召唤，这是吹皱一池春水的涟漪，这是冰与火的锤炼，这是天堂与地狱的共存，这是她冰封的心裂开了一道口子……

她熟悉那样的感觉，她慌乱、恐惧又有些窃喜，她没想到自己还能柔软，她没料到竟然是他！过往的那些岁月已如隔世，她早已释然，也不想不愿去回忆，更不愿去重复那样俗套的故事。因为她知道故事最初都是等你发现、等你喜欢、等我们在一起。故事中期等你发的消息，等周末视频聊天……故事结束等红绿灯等外卖……唯独不再等你……

于是她默默地在心里告诫自己："远远地看看就好，不要去碰触，不能去碰触，否则一定会坠入至暗深渊！"不再奋不顾身，不再孤注一掷，宁愿浅喜变淡薄，不愿深爱无归路。

想到这些，桑桑快步走出教室，回望一眼，心中却依旧泛酸。一连几个星期她心里都有些空落落的，直到那天晚上，她跟朋友去 KTV，不会唱歌就只能喝酒，回到家里，醉得抱着马桶在地上睡着了。

电话铃声把她吵醒，她才从地上起来喝了点儿水回到床上。打电话的人是沈慕白，语气有些着急："你喝多了给我打电话，只说了一句话就断了，我一直回拨却无法接通……"

桑桑有些脸红，更有一丝欢喜和得意，竟然是有人关心自己的。两个人竟然聊了一个通宵也没有词穷的尴尬，她感觉早晨的阳光照到了身上，似乎也照进了心里，原来一个夜晚可以让她爱上繁星，原来一夜之间，花就开了……

原来"久处不厌，闲谈不烦，从不敷衍，绝不怠慢"这短短十六个字是如此之深刻啊！

此后的剧情并没有逃离俗套，只是剧本从伦理剧换作了言情剧，那种甜得蜜里调油又虐心虐肝的言情剧！主角换成了桑桑、沈慕白。

虽然他一如既往地温柔，桑桑却又开始患得患失，开始吃每一个雌性存在的醋——对，是雌性，而不是女人！她开始控制不住地想独自占有他的全部，她开始敏感多疑猜忌，她又开始变得歇斯底里、毫无自信！她知道这样下去不行，她也反反复复地纠结，可是她根本控制不住自己，若是能够控制得了，那也只是浅浅的喜欢吧！

她对他说："你有没有经历过等一个人消息等到不小心睡着了，连做梦都梦到他在回你消息，然后你惊醒去翻开手机，发现其实什么都没有。靠近你就靠近了痛苦，远离你就远离了幸福。我爱你的时候，大概是我这辈子最浪漫、最勇敢，也最孤注一掷的时候。你说我该怎么办？""其实我是一个清高自傲的人，甚至有些自负，可是遇到了你，我就只剩下了自卑。"

他说："你相信缘分吗？我与你是心灵相通的，你的痛苦我明白，我又何尝不是如此！可是我想你快乐，你试着慢慢退回去，你可以做到的！"

"那你舍得吗？"桑桑哽咽着问道。

"舍不得……"沈慕白低声回答。

舍不得呀，舍不得！他们都舍不得，那种发自内心深处的心疼，都化作了一句"舍不得"。

突然发现，曾经的陌生人，一下子成了你的整个世界。他笑，你的世界花开日暖；他悲，你的世界七月凝霜；他喜，你的世界满目春光；他愁，你的世界晦暗无光！两个人哭得像孩子一般，又笑得都露出了八颗牙齿。他对她更加有耐心，更加细致了，他会承接住她所有的坏脾气和作天作地。他会包容她的无理取闹和蛮不讲理，他会尽力地陪伴在她身边，抚平她的焦躁不安。

　　他眼睛里有光，他笑得很温柔，不，他就是温柔本身啊！谁不是从新欢变成了旧爱，又转而成为别人的新欢，难道这就是一个循环吗？桑桑不知道，桑桑只知道自己变成了当初自己最讨厌的模样，可是桑桑也知道自己舍不得……

　　舍不得啊，他们都舍不得！时光它从来不语，却会告诉人们所有答案，但愿万水千山终是你……

　　就这么着吧，死了也认命！

　　浅喜似苍狗，深爱如浮云。桑桑原先的各种想法都在沦陷。她原以为也算是走过一遭的人了，从缘起到璀璨，到眷恋，到淡然，甚至到无言的结局，都是可以推演的。可是现在她也不知道故事的下一页是什么了。结束是绝对不可能的！那么，就得想想了……

　　想想，想想，想想……

这是一个故事，一个没有结局的故事。正所谓艺术来源于生活而高于生活，其实世间事大都如此，既狗血离奇又再正常不过。有人说："照亮过就够了。"可是照亮过后的黑暗更加令人难以忍受。

终究只是陪你演了一场戏，你锻炼了演技，我却入了戏。当初发了疯地想，如今拼了命地忘。戏已散场，我却不愿谢幕。

我在尝试着写一些关于爱情、关于人性的小故事，可是即便是写故事，也绕不开这样有如散文的笔法，我也不知是何缘故。

故事总是写得有些俗套，人却总想脱离世俗。所以文字中总有一种内在的撕扯和呐喊，掩映于梦境当中。很多事情和痛苦并未被解决和治愈，而是"算了吧"，也只能"算了吧"。此时已是深秋，夜风夹杂着丝丝凉意，我泡了一杯浓茶，想独自消遣这浓秋月夜。即便生活如此不堪，即便人世无常，我却仍旧可以眼眸染秋，心有余夏……

谭谭思婷，溪水泠泠。

但见蝶舞，但闻雀鸣。

至兮南坪，若兮临风。

风兮送爽，云兮舞龙。

月兮既出，山幽且静。

对酒独酌，飘飘若轻。

念念伊人，恋恋如卿。

眉似远黛，目盼含情。

手若柔荑，体态伶俜。

辗转反侧，佳人入梦。

梦兮梦兮，谭谭思婷。

胭脂扣

　　一直莫名而固执地喜欢同一种东西，同样的食物，同样的颜色，同样的音乐，同样的电影……有一次去给妈妈买一个吊坠，柜员拿出了七八个我挑出的款式让我再次选择，我有选择恐惧症，来来去去选了五六次。柜员告诉我，其实我每次选的都是同一款，只是克数不同而已……从此我知道了，人的喜好似乎是注定的，而且并不会轻易改变！我非常喜欢看鬼片，或许也是一种天生的偏好吧，特别是那种色调朦胧迷幻的鬼片，常常令我沉湎痴呓深陷其中。

　　小时候就看过《胭脂扣》这部电影，对里面的内容其实也是一头雾水，只知道电影里两个俊俏的人对唱着我听不懂的戏腔，虽不知其意却是韵味十足，甚至连两个人的眼神都可以那么丝丝勾魂。我也隐隐约约觉得有些害怕，怕鬼，可是越害怕反而越是想看，真不知道这是一种什么样的变态心理。再大一些，又看这部电影，我终于知道了里面的两个人唱的是粤剧，他们演绎了一个凄婉纠缠的爱情故事。后来再看了几次，知道了如花的情深义重，知道了十二少的负心薄幸，知道了女人比男人要爱得真爱得

257

长久，知道了女人也可以决绝离去。

再后来，我知道了这又是改编自李碧华的作品，我就不敢看了，看了会痛，会有压抑得快窒息的感觉，那种不敢去碰触的沉重实在是令人感到晦暗憋闷至极！李碧华真的太狠了，她把所有的人性都这么赤裸裸地剥离在我眼前，那么淋漓刺目，真实得近乎残忍！

于我而言，我是实在不愿意去写关于这部电影的任何感悟的。因为每次写这些文字，我像是要经历一遍戏中人物的人生际遇和苦痛挣扎一般，写完之后更是像大病一场全身被抽干了气力一般，在很长一段时间里内心会抗拒去读或写下任何一个字。我不知道这是因为我入戏太深，还是见不得人性的真实。

在听了一个月的《胭脂扣》电影主题曲之后，我还是颤颤巍巍地写下了些许文字，中间甚至还有一个月的搁置，搁置之后的感悟似乎又有了些改变，情随境迁似乎说的就是如此吧！人生没有什么解药，但止痛片却很多，比如音乐，比如文字，比如爱……我还是固执地坚持在别人看来微不足道，甚至是嗤之以鼻的一些东西，因为，那是我的止痛药！

我总认为，电影是拿来品味欣赏的，与其过分探究其影响和意义，不如跟着电影中的情节，跟着演员一起哭一起笑，一起把那些不可能一一经历的故事都感受一遍，我想这才是电影的价值所在。但是纵使千般不愿也还是得介绍一下这部电影的相关内容。

《胭脂扣》是改编自李碧华同名小说的一部爱情片，由关锦鹏执导，梅艳芳、张国荣、万梓良、朱宝意主演，于 1988 年 1

月 7 日在中国香港上映。该片讲述了 20 世纪 30 年代香港石塘咀名妓如花与纨绔子弟十二少感情纠葛的故事。

故事大致是这样的：在香港报馆任职的袁永定（万梓良饰）遇见一位前来刊登寻人广告的冷艳女子，但她又无钱付广告费。袁永定借故离开，不料那女子紧随而来。在闲聊中袁永定惊讶地发现此女子原是鬼魂。20 世纪 30 年代，她是香港石塘咀的红牌妓女如花（梅艳芳饰）。在那风月世界里，她爱上了人称十二少的陈振邦（张国荣饰），并谈论嫁娶之事。但是由于身份地位悬殊，婚事遭到陈家反对。陈振邦脱离家庭与如花同居，两人以胭脂匣定情。在二人同居后染食鸦片，陈振邦乃一纨绔子弟，无养家糊口的本领，渐渐经济拮据，于是如花计划与其吞食鸦片殉情。结果如花死去，而振邦被救活。如花在黄泉久候不见十二少，故回阳间寻找。袁永定与女友（朱宝意饰）无意中发现当年一张《骨子报》，发现振邦原在一家电影制片厂内充当临时演员。十二少经岁月的折磨，早已穷困潦倒，对往事早已淡漠。如花伤心之余，将胭脂匣交还，回到阴间转世去了。

看这部电影时，我一直在惊叹：这世间怎么会有这么精妙的人呢？举手投足一颦一笑皆是风流，眉梢眼角波光流转皆为风情。可现如今世上真的不再有这样的人了，他们的生命定格在一代人的记忆中，他们活成了经典与永恒。

我一直认为爱就是怀疑，一个人太令人放心了，大约就成了柴米油盐的伴侣，亲情大于爱情了。但凡爱，没有放心这一说，爱一个人就会身不由己地患得患失，忐忑不安、提心吊胆，含在嘴里怕化了，捧在手里怕摔了。哪怕对方在别人眼里就是一只猴子，还是会整日担心他被人抢走。

可是如同再怎么浓烈的胭脂，总会褪色成斑驳的流年一般，无论多么浓烈的爱，到最后总会归于平淡。很多事情就是这样的，开始的时候是很美好，后来渐渐改变了初衷，变成了强求和固执，一定要撞到南墙，才会迷途知返，如花那么多年的等待不就是如此吗？难道那全是爱吗？或许更多的是执念吧！

或许十二少被如花爱是一件幸福而可怕的事情吧！可偏偏大部分人都是普通人，那样浓烈的爱，普通人又如何能够承受得了呢？如花怕失去，怕十二少变心，怕被抛弃。所以她以一种激烈的方式来对抗，得不到那就一起毁灭。或许如花不见得爱得有那么深，只是自己已经付出了所有，已无回头之路。那是一种不甘，一种占有——都说成全才是爱，占有只是一己私欲，可是谁又能说得清呢？若是连占有欲都没有了，那还是爱情吗？可是爱情究竟是什么呢？很多时候普通人只听过没见过。

上苍总是惩罚痴情的人，让如花看到了老态龙钟卑微至极苟且偷生的十二少，让她看到了更为不堪的丑陋之事。直至她心如死灰，决绝放下，归还了胭脂匣，也放下了过往前尘，走得孑然一身，走得心无挂碍，走得背影凄然……女性在爱情中的决绝，男性在爱情中的苟且，被这部电影血淋淋地呈现出来了。既然爱情抵不过生死，又何必生死相通，让爱无处可逃呢？情深不寿，慧极必伤。不要太极端，不要爱得太过浓烈，那样只会伤了自己，也会让别人承受不起。

或许只有悲情的美，才更有余韵，才能令人追忆一生不能忘怀。但凡能让人刻骨铭心的爱情，绝大部分都是悲剧，似乎只有悲剧收场的爱情才能将女子的凄美淋漓尽致地展现出来，或许最好的爱情就是在最美的时候戛然而止！

天长地久太过遥不可及，那么，我们又何必执着于最后的结果呢？人生本来就是一个过程，一个体验感知的过程，只要经历过了也就是一种幸运了，爱情更是如此。

此后一个月里我都在听这首《胭脂扣》，单曲循环的歌词里都是遗憾。

誓言幻作烟云字

费尽千般心思

情像火灼般热

怎烧一生一世

延续不容易

负情是你的名字

错付千般相思

情像水向东逝去

痴心枉倾注

愿那天未曾遇

只盼相依

那管见尽遗憾世事

渐老芳华

爱火未减人面变异

祈求在那天重遇

诉尽千般相思

祈望不再辜负我

痴心的关注

人被爱留住

祈望不再辜负我

痴心的关注

问哪天会重遇

　　听着这首歌，所思所想与一个月前又有了许多不同，以至于行文显得十分凌乱拼凑。那也是无可奈何的事情，就暂且请随着我杂乱无序的思路一起读下去吧！一开始我以为这是戏，可是到最后哪里知道这是人生。人生如戏，戏如人生，戏就是要把人生拖拖拉拉的痛苦，直截了当地演给人们看，而戏终将落幕，人生还得重复着日复一日的苟且，直至生命的尽头。一开始我只是沉浸于某种情绪中凄凄切切不能自拔，后来我发现了，这是人性！

　　你以为李碧华单单只想说一个俗套的两世寻爱的爱情故事吗？李碧华太尖刻了，尖刻地戳破了我对爱情的许多幻想。她总是把美好的幻境撕碎，让人性的真实和丑陋一点点浮现。她太过残酷，太过狠心了！其实我更像是沉醉在梦境之中不愿醒来。

　　电影中有一幕场景是十二少为了讨如花欢心，极尽浪漫铺排地送名贵的大床给如花，引来一阵艳羡的目光，此时纵是惯看风月的头牌如花也禁不住沦陷了，我相信此时两个人都是动了心动了情的。男人贪色，女人贪情，逃不过一个"贪"字。在这里还有一个与《金粉世家》里极为相似的桥段，都是富家公子追求女人的手段，在爆竹声中从高处抛出一副对联，当众表白，十二少说的是："如梦如幻月，若即若离花。"不知沉醉于爱情幻境中的他们可曾想过——人无千日好，花无百日红。

李碧华说："大概一千万人之中才有一双梁祝，才可以化蝶。其他的只化为蛾、蟑螂、蚊蚋、苍蝇、金龟子，就是化不成蝶，并无想象中之美丽……"真实的东西最是不好看的，女人更多的是活在自己编织的爱情幻境中。

最终十二少与如花的爱情也没能化蝶！

纵观整部电影，有人看到了十二少的软弱和薄情，有人看到了如花的痴情和执着。有人看到了十二少只是一个常人，他的行为和做法其实很正常，不是不爱，而是蝼蚁尚且偷生，更况乎人？他只是做了一个普通人会做的选择，合乎人性的选择。如花其实更多的是不甘，不愿意他转身回家娇妻美妾安逸度日，而自己却漂泊孤苦，深陷泥潭。

关于殉情，如花是没有了退路，她能倚仗的只有十二少对她的爱。我相信此时的两个人是相爱的，但是十二少是个纯粹的人，他爱得纯粹，不爱时也更纯粹，或许男人大抵都是如此这般纯粹吧！如花想留住最美好的现在，想留住十二少的爱，她见惯风月，知晓男人的负心与绝情，所以她无从选择，唯有殉情。而十二少却是大户人家的公子，两人身份地位云泥之别，隔在两个人之间的是不可逾越的鸿沟，这就注定了他们之间的悲剧，也给全剧打下了悲剧的基调。十二少有家有业，他对殉情是不情愿的，他的殉情只是为了证明他爱如花，即便如此他也吞下了鸦片，并没有辜负如花。从某种程度上说，他的牺牲更大，所以我之前所理解的十二少薄情负心，实在是有些冤枉他了，他兑现了诺言，克服恐惧跟如花一起赴死。而如花其实对十二少是不信任的，她披着痴情深情的外衣，要求一个富家公子跟她殉情，还怕别人死不了，在喂他的酒里放了安眠药，岂料弄巧成拙，两种毒药的毒性竟然消减了，她死了，十二少被救活了。

他要的是如花的情和爱，而如花呢？不但要他的情和爱，甚至还要他的命！十二少把命给过她了，却还要让别人再死一次，这不是自私是什么呢？十二少是个富贵公子，是一个普通人，他并没有错。我不知道别人怎么看，但是在如花放安眠药的那一刻，我就觉得如花太狠了，竟然能够亲手对深爱的人下毒，这哪里是殉情，这分明就是谋杀！这样的狠毒里究竟有多少是爱呢？

可是要说没有爱那也是不对的，两个风月高手过招，却也是都动了情走了心的，头牌如花为十二少放弃名利，十二少为如花离家出走学戏跑龙套，那时的他们只要爱，可如梦如幻的爱终究却逃不过现实的搓揉。设想如花若是还活着，也应该逃不过被厌弃的命运吧！因为那才是人性，真实而又复杂的人性。

到后来，如花看到了在片场当群演的十二少后，所有的幻想都破灭了，眼前的十二少不再是那个风度翩翩、俊朗秀逸、眉目含情的富家公子了，他老态龙钟、邋遢潦倒，甚至撒尿都尿到了脚上。如花释然了，她把戴了五十三年的胭脂扣还给了十二少，这种释然里面有失望，有绝望，有爱恨交织的决绝，更有一种微妙的心理平衡，因为她亲眼见到了十二少现在过得不好，她有了一种满足，有了一种报复的快感。倘若此时十二少子孙满堂生活富足安逸，那么如花定然不会那么释然，她会有更深的怨念和不甘，她会疯狂地嫉妒。在她看来，爱就是自私就是占有。什么只要你过得好我会祝福你的话，都是写给别人看的，或者是亲爹亲妈能够做到，可是那是爱，不是爱情啊！相爱的两个人都希望自己在对方心里是独一无二、无可取代的，他和别人的耳鬓厮磨就是对自己痴心一片的践踏和蹂躏。

或许爱情本就没有对错，一见情，两生缘，情到深处无归路。我无法去评判孰是孰非，只不过是一个无怨一个无悔而已！即便最后只能在烟霞尽处黯然销魂，即便是注定只能留下诸多遗憾与余生相伴，那也是情之所至，情到浓时无怨无悔。

"誓言幻作烟云字，费尽千般心思……"一切若只如初见，那该多美好……我亦无法评判如花是对是错，原本只是想看一部轻松的电影，却未曾想到会令自己心有戚戚，郁郁不欢。唉，一切如梦幻泡影，如露亦如电……

文后旁白

我喜欢李碧华的书改编的电影，那种喜欢是一种无须教化的吸引，更是发自根骨的沉迷。有一句话用在这里不太恰当，但是我对李碧华这些电影的喜欢，也只能用这句话来比拟："能让你赴汤蹈火的人，又怎能不令你重蹈覆辙呢？"

或许这只是一个俗套的故事，或许故事并不感人。说故事的人面无表情，两眼干涸，而听故事的人却已落泪涟涟，泪湿满巾。

也谈宋定伯捉鬼

　　又到了凌晨三点钟，似乎只有这个时候小逸脑海中各种奇奇怪怪的东西，才会像无边的野草一样疯长，是的，我又要开始讲鬼故事了。

　　今日小逸照例又是半日昏睡半日醒，与平常一般无二，特别的是今天翻到一篇中学时的文言文《宋定伯捉鬼》。出于习惯性怀旧，我又玩赏了一遍，可是越看越发觉着不对味，这真是我以前学习的课文吗？不行，不说道说道胸臆委实难平。

　　首先我还是来交代一下《宋定伯捉鬼》的出处及相关背景：《宋定伯捉鬼》先见于《列异传》，该书本篇题目作"宋定伯"，个别词句有异，但内容完全相同，可见这个故事流传之久。《宋定伯捉鬼》的完整版来自《搜神记》。后来冯梦龙在《醒世恒言》中也写到了这个故事。宋定伯故事中脑洞最大的是电影《变羊记》。那是 2012 年上映的一部穿越片，说的是债台高筑的宋定伯想要自杀，却遇上恶鬼纠缠，不怕死的他于是跟鬼周旋，最后死里逃生，还获得一只灵羊。宋定伯索性卖了灵羊来买彩券。倒霉的灵羊只得趁隙脱逃，一不小心跨越千年后，来到了 2015 年，

266

在一对兄妹和一只鬼灵羊之间，不断发生的离奇的灵异事件……

《搜神记》与《聊斋志异》题材类似，而观点相反：《聊斋志异》是以诡异之事寓现实之事，作者蒲松龄是屡试不第的秀才；《搜神记》是记诡异之事证神鬼之实，作者干宝可是个正儿八经的东晋史学家。干宝也是一个古代难得的高产写手，除《搜神记》外，还著有《周易注》《论妖怪》《论山徙》《司徒仪》《周官礼注》《晋纪》《百志诗》等共一百多部作品。干宝似乎"八字奇特"，老是"撞鬼惊魂"，感觉他是个彻头彻尾的有神论者，用尽毕生之力，非要证明世间是存在鬼神的。

干宝作《搜神记》是有感于父亲之婢和兄长死而复生的奇异经历。书中既有收集历代神话传说和民间故事，也有自己创作加工的小说，涉猎颇广，原本已失散。今本二十卷为明代学者胡应麟从《法苑珠林》《太平广记》《太平御览》等书中辑出的。

《宋定伯捉鬼》的译文如下。

南阳有个宋定伯，年轻的时候，夜里行走遇见了鬼。宋定伯问他是谁，鬼说："我是鬼。"鬼问道："你又是谁？"宋定伯欺骗他，说："我也是鬼。"鬼问道："你想到什么地方去？"宋定伯回答说："我想到宛县的集市上去。"鬼说："我也想到宛县的集市上去。"于是（他们）一起前往。

走了几里路，鬼说："步行太缓慢，我们彼此可以交替背着，怎么样？"宋定伯说："好啊。"鬼就先背宋定伯走了几里路。鬼说："你太重了，难道你不是鬼吗？"宋定伯说："我是新鬼，所以身体重罢了。"宋定伯于是又背鬼，鬼一点儿重量都没有。他们像这样轮着背了好几次。宋定伯又说："我是新鬼，不知道鬼害怕什么？"鬼回答说："只是不喜欢人的唾沫。"于是他们一起走。在路上遇到了河水，宋定伯让鬼先渡过去，听听鬼渡水，完全没有声音。宋定伯自己渡过去，水哗啦啦地发出声响。鬼又说："为什么有声音？"宋定伯说："我因刚刚死不久，不熟悉渡水的缘故罢了，不要对我感到奇怪。"

快要走到宛县的集市了，宋定伯就把鬼背在肩上，迅速捉住他。鬼大声呼叫，声音"咋咋"的样子，要求放开让他下来，宋定伯不再听他的话。宋定伯把鬼一直背到宛市中，才将鬼放下在地上，鬼变成了一只羊，宋定伯就把它卖掉了。宋定伯担心它变化回鬼，就朝鬼身上吐唾沫。卖掉羊，宋定伯得到一千五百文钱，于是离开了宛县的集市。

以前在课文中读到的时候，老师是这样告诉我的：这则古代著名的不怕鬼的故事讲述的是宋定伯和一只鬼斗智斗勇的故事，他最终用人类的智慧和勇气征服了鬼。故事告诉人们，人用自己的胆量和智慧，一定能够战胜一切妖魔鬼怪。

可是果真是如此吗？我们来看看整个故事的脉络：宋定伯在看到鬼后不但不害怕，还骗了鬼，说自己是鬼。鬼提出相互背着走——看到这里我要笑喷了，相互背着走这种游戏，不是天真可爱的小孩子之间才会玩的游戏吗？可见这鬼是多么天真热情。当鬼发现宋定伯很重，可能不是鬼时，宋定伯又骗了鬼，说自己因为是新鬼所以重。这么蹩脚的理由鬼都竟然相信了，后来当他以请教的口吻问鬼怕什么时，鬼竟然如实回答，说怕人的口水，没有骗宋定伯。

这一点儿心计城府都没有的鬼，真的能算得上鬼吗？这鬼新亡不设防，对人还犹当同类，可能也是一个低级鬼，一来到这陌生的人世间就分分钟被灭。所以啊，妖精鬼魅修为太浅的时候还是不要和陌生人说话的好，免得招来一些无妄之灾。

当鬼发现他渡河时有声音时，他又骗了鬼。最后他使鬼化为一羊，把鬼卖了，还用口水吐鬼，不让他变回来。宋定伯在骗了鬼后得了利益，还逃走了。莫名地心疼这只鬼，这鬼肯定也是一万个委屈地大哭："我这是招谁惹谁了，莫名其妙地被人变成羊，还被卖了！"小逸心软，想到此时此刻，一个清纯的鬼，化作沉默的羔羊，心底万分怨苦，却一句也说不出来，不由得为其泪眼汪汪。

再想想宋定伯这连鬼都敢戏耍出卖的人，是得多腹黑，多狠哪！正所谓有钱能使鬼推磨，无钱卖鬼好快活！人一旦坏起来，鬼都望尘莫及。此时我似乎有些分不清这宋定伯到底是鬼还是人了。

以我们先入为主的思维定式，鬼这种虚无的东西，似乎是阴寒邪恶的，是会害人的。可是到了干宝这里，这只鬼似乎太过诚挚，太过天真了一些，竟然把自己的命门毫无戒心地告诉自己的老乡，从而引得一身剐。当然如果此鬼变羊，没有被炖了的话，那就是另一个恐怖故事了。

我真的疑惑了，难道干宝他老人家的本意真的就是要褒扬赞颂宋定伯？我看未必，至少我读这一段文字的时候心里是一阵寒凉的，世道险恶，人鬼难辨，但愿鬼们都长点儿心眼，不要再被宋定伯之流骗去卖了才好。看到这里，我又有一个奇怪的想法，为什么鬼只能变成羊，而不是变成其他的东西或者动物呢？为什么不是小白兔、小狗、小鸟之类的呢？可能是羊在古代比较贵吧！当然遭遇宋定伯，就算这鬼变作了妙龄美少女，也逃不了被卖到怡红院的命运。

小逸习惯性刨根问底。小逸发现在《搜神记》中还有一则《左慈显神通》，也是同样地提到了"化羊"。这个故事说的是曹孟德门客左慈具有神通，初得曹公赏识，后因戏要曹公招致杀身之祸。在被围捕时左慈化为老公羊，得以脱身。所以小逸脑洞大开：羊跟鬼怪是不是有天生的联系，这与西方拿山羊象征着魔鬼是不是有些不谋而合呢？

其实"化羊"在古代大致是有两种说法，一个是东汉许慎所著《说文》：羊，祥也，代表了吉祥。还有一个说法就是羊代表阴暗面，二十八星宿中就有一个名为"鬼金羊"。据载，鬼金羊"鬼宿值日不非轻，一切所求事有惊，买卖求财都不利，家门灾祸散零丁"，这是有多不吉利多晦气啊！可见这《宋定伯捉鬼》中鬼化羊，也不是什么好事，那是相当悲惨的事情了，简直是倒了八辈子血霉了。

小逸写这篇文字，其实是为了把"鬼话"写一个系列，或者把这样的古文今作，另做一番读解。可是写了几次之后，小逸就有些觉得无趣了。故而文章稀疏，不成一派。小逸写文章实无章法讲究，每每写到哪里就算哪里，算率性也算洒脱吧！

蝶恋花·化羊

陌上人鬼无依据。

梦话牧羊，一缕夜来去。

女儿心事谁可语？

痴对南阳定伯诉。

从前幽怨应无数。

宋郎薄幸，青冢黄泉路。

一往情深深几许？

甘心化羊泪如雨。

语一回怪力乱神

2018 年 5 月 24 日。天气不晴不雨，心情不好不坏。

《论语·述而》有云："子不语怪力乱神。"

现在月黑风高，窗外一团团树影婆娑，黑黑森森，诡媚得很有些许想象力。我不是子。我要语怪力乱神。

最近看了些我最喜欢的闲杂书籍，当然也许是盗版的，里面的内容十分吸引人，特别对我这样有猎奇心的人来说，这类书更是消磨时光的利器。其中有一个故事，今天放到"小逸梦话"里说：羊左之交——"八拜之交"中的舍命之交。

传说西汉时期的左伯桃与羊角哀相约同去出仕楚国，路上遇到暴风雪受困，饥寒交迫，携带的粮食也仅够一人维持生命。左伯桃为了让羊角哀活命，趁其不注意自杀了，留下自己的粮食和衣物给了羊角哀，羊角哀也因此熬过了风雪活了下来。

之后，羊角哀顺利见到楚王，当上了大官，然后回来找到左伯桃的遗体风光大葬。故事如果到这里就结束了，断然成不了中国人称颂千年的"八拜之交"之一的。

高潮来了。

在羊角哀葬下左伯桃当晚，左伯桃的鬼魂便托梦来了。他哭着对羊角哀感谢贤弟把我葬在一块这么好的风水宝地，可惜这一块离大刺客荆轲的墓太近了："但坟地与荆轲墓相连近，此人在世时，为刺秦王不中被戮，高渐离收其尸葬于此处。神极威猛。每夜仗剑来骂吾曰：'汝是冻死饿杀之人，安敢建坟居吾上肩，夺吾风水？若不迁移他处，吾发墓取尸，掷之野外！'有此危难，特告贤弟。望改葬于他处，以免此祸。"

好吧，荆轲要让左伯桃离开。但是羊角哀不听，觉得荆轲这样一个刺客，有什么资格逼迫他兄长左伯桃这样的天下名儒迁坟。为了应对荆轲的发难，羊角哀给左伯桃弄了一大堆的纸人甲士，为其助战，可惜并没有什么用。在第一回合，被荆轲找来好友高渐离打得大败，连他的墓碑都碎掉了。

当晚左伯桃再托梦跑来劝说，说打不过了，咱们迁坟吧。羊角哀依旧不肯，第二天直接找到当地的荆轲庙，要打碎荆轲的神像，但是被当地百姓怕得罪荆轲神的人给拦下了。就在当晚，风雨大作，电闪雷鸣，两股飓风在天上纠缠，好像有千百人正在争战。眼见得左伯桃这边的风即将消失，那墓也岌岌可危，羊角哀看得发指眦裂，怒不可遏，大喊一声："兄长莫怕，我来助你！"即拔剑自刎。

羊角哀气息刚绝，那边原本式微的那股飓风即刻大了起来，和另一股飓风杀得天地变色。风声整整响了一晚，到了黎明才慢慢地停了，临近的百姓在风雨停后仿佛听到了羊左二人的笑声，出来一看，那左伯桃的墓安然无恙，但荆轲墓却彻底崩坏，尸骨散落一地。当地百姓赶紧把荆轲尸骨收敛葬往他处，而楚王听闻

273

后深被感动，便将羊左二人合葬一处，在当地建庙祭祀。

对！你没有看错，故事开头用了"西汉"这个年代来代入，可是某人说这个故事的致命伤就是西汉！

确实，这个故事若是以西汉来代入，那明显就是驴唇不对马嘴。可是我坚持认为故事于我而言趣味性胜过一切，所以学究们就请放过爱看《故事会》之流的我吧。我知道，单凭这二人奇怪的名字，就不像汉名。

小逸在逸庐夜画公社待久了，向逸庐先生学得些神神鬼鬼的歪解本领。我先解释一下"羊左之交"的历史根源：羊左，指羊角哀与左伯桃，先秦时期燕国人。今人用羊角哀与左伯桃那样的交情，比喻生死之交的朋友。

汉代刘向《列士传》记载了这两人的故事。

刘向所处的年代离战国并不远。这表明左伯桃、羊角哀确有其人，并非凭空杜撰。

光《列士传》这一条，就说明故事不会发生在西汉楚元王时代。要不然同在西汉的刘向，就不会这么写了。

然而故事发生在先秦，那个荆轲的故事就有点儿不对了。我觉得这个"荆将军"不是荆轲，而是春秋时的荆将军子囊。

《吕氏春秋·高义》记载："荆人与吴人将战，荆师寡，吴师众。荆将军子囊曰：'我与吴人战，必败。败王师，辱王名，亏壤土，忠臣不忍为也。'不复于王而遁。至于郊，使人复于王曰：'臣请死。'王曰：'将军之遁也，以其为利也。今诚利，将军何死？'子囊曰：'遁者无罪，则后世之为王将者，皆依不利之名而效臣遁。若是，则荆国终为天下桡。'遂伏剑而死。王曰：

'请成将军之义。'乃为之桐棺三寸，加斧锧其上。"

这个荆将军子囊也是个慷慨轻生的狠角色。

左伯桃对羊角哀肯定是真情真义，不然不会舍命让食，这是常人难以做到的，比战场上给战友挡子弹还要难。羊角哀对左伯桃也是真情真义，左伯桃的坟墓在风雨雷电中破败，古人敬神信鬼，偏生旁边有个荆将军墓，羊角哀以为是神魂交战是可能的，为此抹了脖子相从地下去助战。

只是那鬼神之说就带了些美好的愿望吧，毕竟古人信奉鬼神，对天地万物存留有敬畏之心，这也并无什么不好。

还有个小问题：左伯桃给羊角哀托梦说话，随后羊角哀自刎。然而，羊角哀并没留下遗书讲述，两人这些梦中的对话，后人是怎么知道的呢？哈哈，我是不是想多了？

据《濮州志·古迹》载："羊角哀墓在张大人庄东，墓前有碑。"左伯桃、羊角哀合葬墓位于今鄄城县东北二十公里的吉山镇李胡同村西，西北距张大人庄约六百米。墓封土现存直径三米，高两米，封土前立有清嘉庆十四年（1809 年）年"范县古义士左伯桃表墓碑"。1979 年，被鄄城县人民政府公布为文物保护单位。

羊左之交，是古代八拜之交之一，"羊左之交""二鬼战荆轲""羊角哀舍命全交"皆与故事有关。其中，《羊角哀舍命全交》出自《喻世明言》，为明代文学家、戏曲家冯梦龙所著。

生死至交的左羊二人终是得到人们的敬仰与膜拜，二人的故事千古流芳！而古往今来，有关舍生取义的故事从未消失……

其实我今天想告诉大家的是另一件事，我们经常在影视剧或

275

者小说中看到有人结拜，那么他们拜的究竟是谁呢？都说拜的是关羽关二爷。可是那关羽跟刘备、张飞三人桃园结义的时候拜的又是谁呢？没错，他们拜的就是左伯桃和羊角哀二人！

而且，但凡结拜点香都只烧三把半香，为何只烧三把半呢？且听我道来。第一把香纪念羊角哀和左伯桃叫仁义香；第二把香纪念桃园三结义叫忠义香；第三把香纪念梁山一百单八将叫侠义香。半把香是烧给瓦岗寨兄弟的，但因为他们没能善始善终只能享受半把香。

当然，什么歃血为盟、烧三把半香这些都只是形式，而其精髓却是一样的，能够为对方付出一切甚至是生命，不谈高义，只说此举，又有多少人能够做到呢？

扯得有些远了，我只是夜不能寐找些乐趣罢了，此时已是破晓时分，天色初明，我也该入梦了吧！

《青蛇》：最美不过蛇妖恋

　　《青蛇》这部电影上映于 1993 年，是由徐克执导，王祖贤和张曼玉联袂主演的一部奇幻剧。那个时代正是香港电影发展的黄金时期。从剧本台词，到演员的挑选、服装、道具、化装、布景，再到后期制作，处处都彰显着精致和考究。

　　据说，《青蛇》在演员的选择方面，还有一个小故事。这部电影原本选定的女主角是巩俐和梅艳芳，但是由于档期问题，巩俐未能出演。知道巩俐不能出演后，梅艳芳也婉拒了出演青蛇的邀请。所以王祖贤和张曼玉是临时救场。或许冥冥之中自有定数，这临场换角成全了徐克和张、王二人，使这部剧成为一部经典不衰的佳作。剧中张曼玉饰演的青蛇和王祖贤饰演的白蛇，把"媚"字诠释到了极致。二人所塑造的具有颠覆性的青蛇和白蛇形象，也深入人心，成为荧幕经典。

　　现在已是凌晨三点半，此时此刻我正对着电脑屏幕发呆，单曲循环着这部电影的主题曲，我的脑海中全是电影里那些唯美旖旎的画面……

半冷半暖秋天，熨帖在你身边，静静看着流光飞舞，那风中一片片红叶，惹心中一片绵绵。

半醉半醒之间，再忍笑眼千千，就让我像云中飘雪，用冰清轻轻吻人脸，带一波一浪缠绵。

留人间多少爱，迎浮生千重变，跟有情人做快乐事，别问是劫是缘，像柳丝像春风，伴着你过春天，就让你埋首烟波里，放出心中一切狂热，抱一身春雨绵绵。

这一首《流光飞舞》，词曲皆由黄霑所作，在陈淑桦带有古韵袅袅的嗓音里，那种如梦似幻、娇媚慵懒的漫不经心被演绎得入情入心。在唯美旖旎的色彩里又有些许不经意的哀婉凄怨夹杂其中，从而把我带入一种浪漫至极而又怅然若失的臆想。那是什么？我说不清道不明，似乎它就是一种即刻能勾起我内心对爱情的向往，又令我忽觉悲伤的情愫。这样呢喃细语似的娓娓道来，恰似情人轻轻在你耳边吴侬软语一般令人心酥心醉。

电影配乐吸引着我一遍又一遍地重温着电影里的情节。这种循环一整天都不会厌烦的歌曲，我是极为喜爱的。不知道我是因着喜欢这部电影而喜欢这首歌，还是因着这首歌而喜欢这部电影，也许这本身就是无从探究的吧！

说实话，第一次看这部片子的时候我年纪还很小，还是个孩童，根本不懂得里面讲的是些什么东西。只觉得人好美，好媚；妖怪神仙会斗法好新奇，好热闹。可是我印象中的白娘子明明是赵雅芝那样端庄贤淑的白衣仙子啊！电影颠覆性的故事情节和演员出色的表演，着实震撼了我，也令我移不开双眼。

我认定了这不是正宗的白娘子和小青，也许她们是坏人，是从哪里跑出来的妖精要害人呢。果然，剧中的她们眼波流转，顾盼生辉，极尽妖媚之能事。甚至她们在刚刚幻化为人形的时候，一摇一摆地扭腰摆臀，引得众生神魂颠倒，实实在在是魅惑众生的妖精！于是我便固执地认为她们真的是"坏女妖"，可是又禁不住被她们的一颦一笑所吸引，对她们的娇媚调笑心生向往，忍不住想模仿她们。

连我一个女子都尚且如此痴迷，更何况世间的凡夫俗子，想必没有一个男人不会对这样的女人心动！对于电影的结局，我那时纠结的也是小青最后究竟死了没有，除此之外，心中还有些只可意会不可言传的异样感觉，当然作为孩童的我即便想说也是说不上来的。包括在第二遍看这部电影的时候，我都是带着世俗的审判和幼稚的先入为主的观念来看的，这或许跟年岁和阅历有关。

直到后来，我知道了香港有一个女作家叫李碧华，她是个非常神秘的人，常常用惊人的笔法描绘出令人惊异的人情人世。而我亦是常常看由她的小说改编的影片，例如《霸王别姬》《胭脂扣》《奇幻夜》《迷离夜》等。

当然这部《青蛇》的原著也是她，经常被一起提及的还有《僧诱》。《青蛇》和《僧诱》这两部小说，一部讲的是"坏女人"，一部讲的是不守戒律的出家人。李碧华言情，言世间情；写书，写世间事。

她的原著《青蛇》讲的也是人性。而徐克的电影《青蛇》讲的是修行。电影中白蛇、青蛇努力修行为人；法海竭力辟除魔障以修正果；许仙更是一介凡人在尘世中苦苦轮回。原本李碧华的小说中就已经有佛理了，但是徐克又在她的基础上进行了升华，更加丰富了主题，使得立意更深。

果真克服人性就是修行？其实人生的道路上所遇到的一切莫不是一场修行，譬如你们能够看到我写的这些文字，也是一种缘法、一种修行吧？

现在我们再次回归到这部电影的细节上来。我真正有些看懂这部片子，是在我看了一些关于藏传佛教的资料之后，再看完整版的《青蛇》方才恍然大悟。否则，我对于其中的一些情节还真的是一头雾水。后来我才发现整部电影结构非常紧凑，故事都有情节上的呼应，全剧没有一个镜头是不相干的，是浪费的。先说说法海，法海在紫竹林里见到了正在分娩的产妇，此时法海看到了白蛇和青蛇为产妇遮雨，放过了她们。又因为看到产妇的身体而产生了魔障，之后又在抓了蜘蛛精后有了心魔，再后来跟青蛇在水中斗法修行。他其实是执着于一种空，想要把七情六欲都抛却，都放到自己的对立面。在这个时候他其实已经有了执念，所谓一念成佛、一念成魔，说的就是他这种状态。

白蛇盗得仙草后让小青拖住法海。小青打不过法海，法海要小青助他修行。

法海不停地在控制，在抗拒。而青蛇不断地在尝试在感受。一个是得道高僧，一个是初化人形的蛇妖；一个有了执念，心魔发自自身产生魔障，一个从出世到入世再到离去，不断地尝试，再经历，最后超越。整个过程达到了一种圆融完满，所以我认为最后只有小青的修行是最为上乘的。

除此之外，我还在想，法海与小青之间有情吗？或许是有的吧！一入红尘便生因果，自从法海把那串佛珠给了小青之后，或许这一妖一僧之间就结下了因果，有了关联了吧！

有人说，小青喜欢许仙，是白素贞和许仙之间的"第三者"。可是我却不这么认为，在我看来，青蛇对许仙的种种挑逗不过是想学白蛇，想知道白蛇为何这般痴迷于做人。白蛇一心想要修成人，找了个"老实人"许仙，也尽力用凡人的规矩来约束自己，个中种种也不一定是真的爱许仙，而是她想做人，想成为真正的人。

因为一切的遇见和欲拒还迎都充满了设计，一个是千年蛇精，一个是凡人书生，加上白蛇貌美一见钟情也是必然的戏码。而白蛇真正爱上许仙也许是在得知自己怀孕之后吧，因为在此之前，当她发现小青与许仙的暧昧时，不吃醋不发怒，反而调笑着对小青说让她另寻一个人，并未赶她走。

在青蛇吓死许仙后，白蛇盗取仙草，她劝小青离开时笑着流下了泪，说终于有了眼泪，体验到了做人的滋味。但这并不好受，内心有了挣扎和煎熬，有了不舍和羁绊，所以做人都会有痛苦，而做妖反而来得更为肆意快乐。或许此时她已经完完全全成了一个人了吧！她有了眼泪，却不想让青蛇尝试眼泪的滋味，想让青蛇继续保持着她的天性，永远不要去尝试这种自酿的苦涩和心酸。

青蛇无欲无求没有执念，因而快乐轻松。白蛇有了"奢望"，她想要一生一世的爱情，想要沐浴人间烟火，想要守住眼前的一切。可是既然动了凡心就必定要承受这背后的种种痛苦，哪里还能有什么逍遥自在！

最后，小青也有了眼泪，也明白了人类的感情，却又鄙视这种感情中的不坚持，转而把剑刺入许仙的胸膛，以这种果决的方式来结束带给她们痛苦的根源。她并不是恨许仙，当然更谈不上爱，她只是想让许仙永远跟姐姐白素贞在一起，仅此而已。

实际上，白素贞甘心驯服的是爱情，作为一条历经千年沧桑的蛇精，她应该清楚：男人是一种会叫女人伤心的同类。

许仙，作为白蛇口中的"老实人"其实一点儿都不"老实"，他对法海说，自己贪恋美色又如何？那是他自己的事情。是啊，他只是一个文弱书生，有着人类的各种贪欲，但是他在最后时刻扔了法海给的佛珠，愿意为了白蛇、青蛇去出家，也不能算是懦弱。

也许，谁都没有错，错的只是不该遇见。可是我们在红尘中行走，总会遇见各种各样的人，遇到各种各样的事。这些于我们都是绕不过逃不掉的因果，既然如此，只有直面，顺其自然。

大半夜的，如此絮叨，思绪颇为凌乱，有些词不达意，言非所思，还望见谅！此时风入碎叶，有如枭鸣，夜深人静——我也该谈点儿恐怖的内容了。

《青蛇》电影开始，那个法海撞见产妇和两条蛇的场景，其实就开启了这部电影的双主线：一条是青蛇为主角的明线；一条是法海为主角的暗线。

法海和白娘子、小青一样，他们仨都是蛇妖。

小青和法海的那场戏，水中出现了一条大黑蟒蛇，小青一脸陶醉地抱着乱摸，有人说那是小青自己的尾巴，可是小青明明就是翠绿色的呀，怎么可能突然变成了黑色的呢？其实那便是法海的本身显形。

我们再看看电影的插曲《莫呼洛迦》，每次法海出场，都会响起这首歌的旋律。"莫呼洛迦"为佛教天龙八部中的大蟒蛇神，又称"摩呼罗伽"，插曲与影片多次呼应，坐实法海是条修成正果的大蟒蛇。

法海也是千年蛇妖，功德圆满进了仙班才二十年，还有很多妖性，常常会反复。所以全剧的暗线就是法海内心的天人交战：蛇性的恶和佛性的正气交战，男人的欲和修炼的禁欲交战。

法海从妖得道，却和宋江被招安后回手就打方腊一样，回头就专门为难妖怪，世情就是如此，我们也不便苛责法海。看来，神仙在仙班要混下去，首先得练好无情诀……

《青蛇》的美术指导吴宝玲，也是当年电视剧《新白娘子传奇》的造型设计师。1992年《新白娘子传奇》收视大火，赵雅芝版的白娘子红遍大江南北。吴宝玲通过《青蛇》推翻了自己之前的风格，水淹金山寺时青白二蛇隆重登场的戏服、铜钱头装扮，更是将传统和新潮融合到新的高度，是深得中国古装精髓的典范。

影片中法海心有魔障，突然惊醒，满头大汗。起身后，他所打坐的垫子起火，意味什么？欲火焚身。法海说，一定要解除魔障，这魔障怎样解除？法海的想法就是找一个女人来练他的定力。

于是天时地利人和，法海让小青帮助他练定力。如果小青能扰乱他的定力，就可以放小青走。这里小青说了一句："不过我定力不够，我怕你未乱，我自己先乱。"法海听了这话的表情很耐看，多么温柔的微笑……

"没有凡人的感情。"这句台词所表达的思想从电影的最初一直延续到最后。

没有凡人的感情吗？为什么青蛇最后完成对白蛇的承诺时流下一滴眼泪？为什么白蛇在生死攸关的时候让法海先救她的孩子？为什么有着最自私本性的许仙为了保住白蛇和青蛇甘愿出家并被封掉五感？为什么口口声声，一直叫青蛇"蛇妖"的法海在最后深深地看着青蛇，脱口而出喊她一声："小青！"

电影最后，青蛇对法海说了一段话："我来到人世间，为世人所误，你们说人间有情，但情为何物？可笑，连你们人都弄不明白。等你们弄明白了，也许我会再回来。"

问世间情为何物，直教人生死相许！

文后旁白

我非常喜欢李碧华的作品，甚至认为她的作品着实是被低估了。这部《青蛇》我看了许多遍，这篇文章也迟到了许多年。如今写就，也算是我对这段缘起的一个交代吧。

那天晚上去看了电影《白蛇2：青蛇劫起》。电影院里包括我在内只有四人。原本只想如往常一样听个电影的声音就好，后来我竟有些懊恼自己错过了开头的情节。

电影里通篇的台词都像在对我一个人在说——关于执念，关于情感，关于六道轮回。两次听到这句话："这修罗道是执念深重的人才会去的地方……"这部连片尾曲都令我惊喜的动画电影（用了《流光飞舞》做片尾曲），似乎是在向徐克的《青蛇》致敬，似乎也在与我一同梳理着那些被埋藏的委婉心绪。

走过四季交替的心境，蹚过悲喜自渡的苦海，却无法抵达"缘起性空"的彼岸。缘起，劫起。是劫？是缘？谁又能道得清呢？

咏白蛇传事

白蛇初下峨眉山，坐对青峰结翠鬟。

白蛇初见西湖水，游女如花彩云里。

不慕繁华不为恩，自爱西湖万种春。

谁知波上同舟子，便是三生石上人。

雨露初结湖上缘，还依湖水作家园。

解炼金丹图济世，便是鸳鸯亦是仙。

可怜琴瑟有人妒，悲歌却起无声处。

都缘佛子太愚执，肯信鸳鸯能独宿。

柔肠有愤亦如雷，千里江南一片哀。

零雨暗从阊阖下，海潮飞压镇江来。

虹霓缭乱与云低，百万鱼龙天上嬉。

最怜意气倾肝胆，同行妙手空空儿。

雷峰塔下重门闭，想见报仇心未死。

到今岁岁有余波，广陵潮吞金山寺。

沧海桑田谁复记，雷峰亦已当风圮。

更待西湖彻底干，此间应有再生缘。

新年愿景

——后记

从 2022 年的最后一个月到现在，素日里每天都会通电话的朋友像冬眠了似的。这样的情形，我是十分理解的……

从第一天的嗓子干痒咳嗽，到后来的高烧浑身酸痛，我亲身经历一遍。其间苦痛，只有自知，非亲历者不能言语。缠绵病榻半月有余，许多执念业已消弭……

兴许是憋得久了，跨年的那一刻，人们像是约好了似的，来到广场放烟花。广场上所有人都在同一刻将手中的烟花点燃，刹那间，绚丽璀璨的烟花照亮了整个夜空，打破了这寂寒的沉冬……我虽然住在广场旁边，却是第一次出门看烟花，此时我想到的只是："东风夜放花千树，更吹落，星如雨。"

以前我一直钟爱凌晨五点的馄饨摊，半夜三点的米线店，还有雨雪天的烧饵块和烤红薯，总觉得这都是烂漫的人间烟火气。此时此刻，看着漫天烟花如繁星坠落于周身，我突然间觉得，那些，哪里是什么烂漫的人间烟火；那些，从来都只是人间疾苦啊！

人总是会回忆过去的美好时光，总是憧憬未来会更好。未来会更好吗？我不知道。我只想活在当下，只想如蟪蛄一般不知春秋，只想力所能及地善待那些对自己好的人。人类的悲欢虽然并不相通，可是大部分人总会有些许怜悯之心，我认为，这便是慈悲。愿我们都能心怀慈悲，好好活着。是的，"活着"便是我此时此刻能想到的词，也算是我的新年愿景吧！

　　活着，健康平安地活着！